越南ルート

松浦豊敏

Matsuura Toyotoshi

石風社

装画・宮崎静夫

目次

越南ルート

別れ

町に続く平野の外れで、銃声らしい遙かなもの音が聞こえると、子供達はその方向に向かって一斉に駆け出していった。機転の利いた子供は、町の裏手の小高い山に上って、平野の外れから、櫨木堤を町へ向かって進んで来る人馬の列らしいものを見つけては、息をきらして自分達の溜り場まで駆け戻ってきた。

四年に一度の陸軍秋季大演習では、その都度、私達の町は兵隊達の宿営地になっていたのである。その一週間くらい前に、町役場から、予定された各戸に、宿泊する兵隊の割当て通知があった。蛭子町一二八番地某々方、下士官一名、兵二名、同じく一三一番地某々方、下士官二名、兵四名といったふうに。すると子供達の興奮は急激に昂まるのだった。子供達は大人達に前の演習では紅軍と白軍のどちらが勝ったか、この前泊まった兵隊が今度も泊まるのだろうか、などと際限もなく聞きはじめたりした。そして、それが大隊本部であったか、中隊本部であったかは、もうさだかではないが、それらしい将校の一団の宿泊所は町一番の旧家ときまってい て、その家は別にして、子供達は、自分の家には伍長が泊まることになっている、自分のところは軍曹だと、宿泊する兵隊達の階級比べに夢中になったりした。

子供達にもそれなりに兵科の好みがあった。子供達は、自分達の町に宿泊する部隊が、歩兵か騎兵であることを願った。輜重《しちょう》隊は子供心にも、あまり格好のいいものではなかった。鉄砲も持っていない兵隊がいるということだった。工兵隊はよくは分らなかったが、とに角地味だった。砲兵隊は最初から、町には近づかないことになっていた。騎兵隊が子供達に人気があったのは、やはりその馬だった。騎兵隊の馬は、子供達が見慣れていた近所の百姓家の馬とは違って、尻の肉がきりっとしまり背が高かった。そんな姿のいい馬に、騎兵隊は背筋をのばして跨っていた。騎兵部隊が列を作って進む様は、子供達には、ほかに見られない壮観だったし、その馬と馬具の革の、混りあったにおいは、強烈なアルコールのように子供達を上気させた。

しかし何といっても、子供達には歩兵が兵隊の花だった。白兵戦で敵部隊を全滅させ、敵の陣地を占領するのは歩兵だったし、敵弾の飛び交う中を、身を挺して突撃してゆく歩兵の姿は、子供心には堪えられない程の勇ましさだった。子供達は激戦の話や手柄話を聞くのが好きだった。子供達は歩兵部隊がやって来ることを願った。それに、歩兵の兵隊達は、宿泊先の子供達に、三八式歩兵銃の分解、組立の手ほどきをしてやったりした。これが安全装置、これが遊底、これが撃針、と。分解されて裸になった銃身を銃口からのぞくと、磨かれて埃一つついていない銃身の内側には、何本かの螺線の条溝がゆっくり走っていた。弾丸はその条溝に沿って回転しながら飛び出す。そしてばらばらにされたそんな部品を組み合せれば、それはもう鉄砲である。強烈な火薬の爆発に壊れて飛び散ってしまわないのが、子供達には全く不思議なことでもあった。

そんな、待ちに待った兵隊達を、その日、子供達は自分の家にむかえ、兵隊達が使っている風呂場をのぞき、晩飯の時もそのそばを離れようとはしなかった。時間が来て兵隊達が寝た後も、子供達は、部隊の馬が繋いである小学校の校庭をうろつき回っては、昂ぶった気持を鎮めきれずにいたものだった。

翌日、兵隊達が発った後も、町には馬や銃の油のにおいが残った。ひとしきり、子供達の話題は、泊まっていった兵隊達の、大きな手足や、ちょっと変ったその言葉遣いなどに集まった。

遠い記憶の中で、兵隊達は子供達に優しかった。

中学四年十六歳、私は不良少年だった。

呼び出された母親と一緒に、私は無期停学を云い渡された。校長は二時間近くも私を非難し続けた。校長は演説めいた自分の言葉に少し興奮しているふうでもあった。そして最後に、泣いて馬謖を斬るのだ、と云った。それは校長の得意の言葉の一つだった。その間、担任の教師は、遂に一言も私をかばいだてしようとはしなかった。

私はしらけきっていた。母も弁解がましいことは何一つ云わなかった。校長が、そうだと並べたてた私の停学理由が、母子共々、私達にはよく納得ゆきかねていたからでもある。

子供の時から何回目かの大演習の年が回って来ていた。太平洋戦争が始まる前年のことで、県下の中学校の四～五年の生徒は、殆ど全員その大演習に参加させられるようになっていた。といっても、それは、最後の紅白軍大会戦の前の日からでしかなかったが、私達は、学校教練用に払い下げられた小銃や機関銃を担いで武装した。配属将校が先頭に立った。予備役将校の二～三の教師も将校姿で参加していた。私達は、緑川の堤防を、隊列を組んで上流の方へ向かった。吹きさらしの堤防の風は乾いて冷たかったが、久しぶりに教室から解放されて、私達はいくらかハイキングのような気分でもあった。それに緑川近辺も、ちょっと上流へ行くと、もう知らない土地といってもよかった。阿蘇がすぐ近くに見える。そこは私達の町とは違って、山へ連なる平野だった。季節のせいばかりではなく、透った川の水も、山のものだった。私達は可成り陽気になっていた。弾薬盒の底には、油布の下に煙草がしのばせてあった。

その時の大演習については、ほかには大した印象は残っていない。

飯盒炊サンのために掘った溝にはまだ熾《おき》が残っていた。飯盒を吊すために通した青竹が時々大きな音を立てて弾けた。真黒になった飯盒と、焼けかけた青竹と、溝の周りの火照った顔が、闇の中に浮いていた。

晩飯の後、私達は見張りをたてて、少し油臭くなった煙草を喫った。誰かが低い声で、〝討匪行〟を歌いはじめた。ハーモニカの途切れがちな伴奏が続いた。それは、いつ聞いても沈んでゆくような歌だった。

…………

三日二夜を　食もなく

雨降りしぶく　鉄兜

…………

皆あまり喋ろうとしなかった。ニュース映画にも時々そんな場面があった。それは、汚れて、寒そうで、あまり格好のいいものではなかった。私達にも少しずつ、そんな野戦の情景が身近なものになりはじめていたのだった。

母が呼び出される前日、私は職員室へ呼ばれた。私には思い当るフシがあった。その三〜四日前、私は可成り派手な喧嘩をやらかしていたのである。

その頃、私達の町には、東京から流れて来たとかいう、如何にもそれらしい男が、駅前の旅人宿に泊まっていた。町の青年達が、時々その男に捕まっては小突かれたりしていた。そんな噂を聞いてはいたが、どういうわけか、私はその男のことをあまり気にとめていなかった。町の語り草になった華々しい一戦も、この男がそうかと、通りすがりにちらっと、宿屋の上がり框から、所在なさそうに通りを眺めていたその男の顔をのぞいただけのことからはじまったのである。その男は私を見ると、何か一声短かい声をかけて飛び出して来た。火鉢に手をあぶっていた宿屋の主人も、私の連れも、何が起ろうとしているのか、さだかには気づいていないような感じだった。その男は体をまるくして飛びかかって来た。

経験からすると、私にはそんな喧嘩はかえってやりやすかったのである。最初の一撃で、対手を殴り倒すか、そんなにうまくゆかない時でも、その戦意を喪失させてしまうくらいのダメージを与える、というのが、私のそれなりの喧嘩信条だった。だから慎重に間合をとって構えている対手とは、なかなかその一発極め手の瞬間が見つからないことがあった。要するにカウンター狙いの方がやり易かったのである。狙いは一ヵ所、鼻の真下、上唇との間のところだった。大抵の対手はその一撃で倒せた。という次第で、どんな場合でも、ストレートに体重を乗せる、そのために腰をためる、それだけの余裕があればよかったのである。あとは余計な時間だった。

私には、不意を打たれたという感じはなかった。私には、対手の動きがよく見えていた。勢いこんで飛びかかって来たその男も、一瞬早い私のカウンターを食っていた。ずしりとした手応えを、私は更に腰のあたりで受けとめていた。のけぞった男の白い喉元が見えた。男は、スローモーション映画のようにして仰向けに倒れた。そうして私は、更にその男の顔を力まかせに踏みつけていたのである。

ことの次第にやっと気づいた宿屋の主人が慌ててとめに入った。私は、ぐったり動かなくなっているその男の脇腹をもう一度蹴とばしてやめた。

「二～三日冷やしてやるんだな」

私は、わざとおし殺したような声で、三十もとっくに過ぎたような宿屋の主人にそう云って、ついでにお茶を請求した。

ものの五分と続かぬ一幕だったが、駅前は黒山のような人だかりだった。

職員室に呼ばれた時、私はてっきりそのことに違いないと思った。ポケットを裏返して、私は丹念に煙草の屑らしいものを払った。時節がら、硬派の事件は大目に見られがちだった。だから、余計なことさえ見つからなければ、何とか云い逃れられないことはあるまい、私はそんなふうに思っていた。

ところが事態は全くそうではなかったのである。職員室では、担任と国語の教師と歴史の教師が待ちうけていた。

担任は、私を見るなり、いきなり、

「これは何だ」

と、二枚の原稿用紙をひらつかせて迫って来た。

「――」

私は事態がのみこめずにいた。

「お前は県知事閣下を愚弄するのか」

「――」私は黙っていた。

担任がひらつかせていたのは私の作文だったのである。もう少し様子がはっきりするまでは迂闊にものは云えない、そう思って私はなお黙り続けていた。

国語の教師が急に大声を上げた。

「私はこんなふうに教えた覚えはない」

可成り厄介なことになりそうな気配だった。

国語の教師は小男だった。私は、その威丈高に喚きちらしている小男を見下すようにして立っていた。傍目には、それは可成り滑稽な光景だったはずである。

他の教師達は誰も私達のところに近づこうとはしなかった。職員室は静まりかえっていた。


暁の大会戦が終った後、その場からとってかえして、私達は、それが市内の何処であったかもう覚えてはいないが、熊本市内のそれらしい広場に集結して、県知事の閲兵をうけた。私達の秋季大演習はそうして終った。

国語の教師は、早速、その大演習参加の意義、感想文みたいなものを私達に要求したのである。

子供心をわかしたような兵隊達はもういなかった。私達は、私達より小さな兵隊がいくらも居ることを既に知っていた。それに、好きではなかった国語の教師の、それらしい思惑に添うような真似は不良少年の沽券にかかわることでもあった。私には書くことがなかった。思案の挙句、私は、閲兵台に立っていた県知事閣下の一伍一什《いちごいちじゅう》を書いてしまったのである。県知事閣下もまた小男で腹が出ていた。短かい脚に、慣れない巻脚絆がゆるんで、しかも黒い短靴を穿いていた。巻脚絆も黒だった。その巻脚絆と靴の間から、白っぽい靴下がねじれ加減に見えていた。そのまま書いてしまえば、それはそれなりに不格好ではあったのである。

ではあったにしろ、とにかく、その作文はまともに書かれたものではなかった。だから、その作文が不真面目である、と責められたのだったら、私もすぐ納得していたはずである。しかし彼らは、その作文をそうは云わなかった。そんなことを一生徒の単なる気分によるものにすぎないとするのは、学校教師の重大な怠慢である、当時はそんな風潮が教師達の間には既に歴然としていた。彼らにも、時によってその身の証しを立てておく必要があった。

「危険思想に染まっている」

大仰にも、担任は私の胸倉をゆすぶりながらそう責めたてた。

私は迷惑だった。それは全くの云いがかりというものだった。私は、そんなつもりのものではないことを説明しかかって、やめてしまった。三人とも、ことの筋道が分りそうな顔つきはしていなかったし、それに、ことが国語の教師の筋書きみたいな感じがしたからである。国語の教師は、海軍兵学校や陸軍士官学校への進学率の高さを最高の誇りと心得ていた、時の校長の、最も忠実なお先棒かつぎだったのである。

殴りかかってきた国語の教師に、一瞬私は身構えようとしていた。

母と私は、学校から一里ばかり離れている私達の町まで歩いて帰った。初冬の午後はすがすがしかった。澄みきった空気をふるわして、遠くの人声がすぐ近くに聞こえた。落葉した銀杏樹の梢の高みの一つ一つの小枝までよく見えるような気がした。

周囲の風物は何一つとして変ってはいなかった。鉄道踏切りのそばの精米所の電動杵《きね》もいつものように回転していたし、沿道の部落の早咲きの藪椿も、いつもの初冬のように咲きはじめていた。半島に続く山の中腹の部落、そこは古くからの部落らしく、茂った木立ちや白壁の家が三〜四軒も見られたが、その時も私は、近くのそれとは違って、その部落だけが何故山の中腹まで上っているのか、はじめて気づいた時と同じように不思議に思った。私達は、ついいましがたまでの校長室でのことを、もう遠い昔の出来ごとのようにしか感じていなかった。冷えきった板張りの廊下の冷たさ以外に、何一つ心に残っているものはなかった。

私達は黙って歩いた。母は大柄な女だった。

「先生達も御苦労なことたい」

母は歩きながら煙草をふかしていた。その頃はまだ、戸外での女の喫煙はそう一般的なものではなかった、ということもあったが、それはちょっとまぶしい感じだった。

そして、もう一言

「お前も馬鹿な奴たい」

とつけ加えた。

それは母と私のやはり一つの和解の日であったような気がする。それは、それまでかすかながらもつないできた子供への期待を、そのように口にすることによって思い切ろうとする、母親からのそれとはいわぬ合図のようでもあったし、私もはじめて母に対して素直な気持ちになっていた。

風一つない午後だった。私達は一里余りの道をゆっくり歩いて帰った。

私は父を知らなかった。父は私が二歳にもならぬうちに死んでいた。母も、三十歳を過ぎてまだ間もない時だった。十三歳の長男を頭に五人の子供を、その時以来、母は女手一つで育てて来たのだった。

祖父の代から、私の家は味噌醤油の醸造販売業をやっていた。父の存命中までは、商売も可成り繁昌していたらしく、町の目貫通りをはさんで、醤油の大きな醸造倉と店が向かい合った。店は帳場と小売場に仕切られていて、ハイカラ好みであったとかいう父の好みで、帳場はカウンターふうに作られていた。そのカウンターには、原料の仕入れ簿や卸の帳簿が並べられてあった。奥が住居だった。そして住居の裏にも醤油倉があり、その倉の先はもう川岸になっていた。今では泥に埋もれて見るかげもなくなっているが、川岸には石垣で作った小さな船着場があって、昔は、その船着場から、潮を利用して、醤油を積んだ船が、川を下り、海を横切って、天草も牛深あたりまで往来していたという。醤油の原料にする大豆や塩も、時には、その川を遡って島原から運ばれてくることもあった。

私達兄弟は、その船着場の周りで、順繰りに泳ぎを覚えたのである。

子供の頃、私は、通りの方の醤油倉の前に、小麦を運んで来た何台もの荷馬車が列んでいたのを覚えている。馬車馬は温和しかった。私は、その尻尾の長い毛を抜いて、その先に蠅を結えつけて、その蠅を飛ばしながらトンボを釣ったことがある。荷馬車の尻にぶら下げてあった、竹の油筒に砂を入れては怒鳴られたりした。

考えてみれば、その時が最後の醤油の仕込みだったのかもしれない。

醤油の作り方というのは、大雑把には、大豆を煮て麹と練り混ぜ、更に炒った小麦をそれに加えて塩水で解く。醤油のもとになる諸味《もろみ》の仕込み方である。そうして三年近くもねかせた後、その諸味から醤油を絞る。絞られた醤油は一度火が通される。一番醤油の出来上がりである。

醤油倉には二十本ばかりの、十石から二十石も入りそうな諸味の桶が並んでいた。それは子供心にも自慢の種だったし、その並んだ諸味桶の、桶と桶の間は子供達の絶好の遊び場でもあった。醤油倉には、いつも近所の子供達の姿があった。

母は、私が小学校に上がって間もない頃に、その祖父の代からの醤油屋を諦めたのである。原料を仕入れてから三年近くも待たなければ醤油は出来ない。その間の金繰りをつけ、時には投機の対象にもなる程の、大豆や小麦をうまく買い付ける、そんな商売が女手一つに余るのは明かなことでもあった。母は、家財を食いつぶすことになる前に、その商売に見限りをつけた。それはそれなりの判断でもあった。

大きな井戸と石畳の炊事場に人気が少なくなった。以後、母は、父が残していった僅かばかりの資金で食いつなぎながら、子供達への期待の中で暮しはじめたのである。

中学も二年になって暫く経った頃、下校の途中、私は、隣村の青年達にとり囲まれて、頭を割られ、眼をつぶされて血だらけになって帰ったことがある。

そんな私を見て、

「いまにお前は殺される」と母は嘆いた。

その時の喧嘩は、一目で、勝てるものではないと分っていた。対手は六人だった。私は棒切れ一つ持っていなかった。だから、黙って殴られてしまえば、大した怪我もしなくて済んだのだろうが、私はそうはしなかった。六人の青年を対手に、私は根かぎりの殴り合いをしてしまったのである。それは全く馬鹿げたことだったのかもしれない。しかし、私には私なりに、その期するところの理由があったのである。

小さい時から、私は人目につきやすい存在だった。体つきがいつも年齢よりませていたし、動作も大きかった。そんなことが原因《もと》で中学に入ると、私は殆ど毎日のように上級生に殴られた。私には、それをどうしても殴りかえすことは出来なかった。学年毎に、格別に鉄の団結があったわけではない。しかし、学年制というものは、それが支配秩序そのものではなかったにしろ、何かしら、そんな影の濃い校内序列を作っていたのである。上級生を殴りかえすということは、そんな校内序列への反逆でもあった。私にはまだ上級生に刃向かうことは出来なかった。

青年達に喧嘩を売られた時、そんなにはっきり意識したわけではなかったが、私にはそれが一つのチャンスのように思われたのだった。私をいためつけていた上級生達も、その序列支配の及ばぬ校外の者にはまるで手出しが出来なかった。だから、私は、彼らがそんなに恐がっている青年達と、無茶苦茶な喧嘩をやってみせたら、彼らは一体どんな反応を見せるだろうか、何かそんなふうなことを考えていたみたいだった。

という次第で、最後に丸太で殴り倒されるまで、私は、六人の青年を対手に頑張り続けたのだった。私は、暗くなって、這うようにして家まで帰った。

噂が忽ち輪をかけて広がっていった。私は、五寸釘のついた丸太で殴られたことになっていた。町の若い連中が、私の仕返しに大挙しておしかけていった。

歩けるようになってはじめて学校へ行った時、私はわざと派手に繃帯を巻いていた。出会った上級生の誰にも、私は挨拶をしなかった。上級生達は、そんな私を見ないふりをして通りすぎた。

そうやって、私は界隈きっての不良少年にのし上がっていったのである。

「いまにお前は殺される」

その後も、母は私のことをそんなふうに嘆き続けた。

「停学になったんだって――」

裏口の引戸が開いて、若い女の声が聞こえた。東京へ行っていた従姉の声だった。三年ほど前、従姉は、町の女学校を出るとすぐ東京へ行った。その頃は、今とは違って、東京はそんなに気軽に行けるところではなかった。従姉は女学校の時から、もう、ハッテン家と呼ばれたりしていた。東京で何をやっていたかは誰も知らない。ステージダンサーをやっているという噂があった。

従姉は黄色っぽい派手な色の着物を、少し裾を短かめに着ていた。それに浅めに合せた襟元が、何となく普通の着方とは違った感じだった。近ずくといいにおいがした。

「いつ帰ったんですか」

「いま着いたとこ。叔母さんに話聞いたわよ。ひどいことするのね」

私は、割りかけていた櫟《くぬぎ》の丸木に腰をおろしていた。

「いいんだろ」

従姉は着物の懐から煙草をとり出すと、そういっていたずらっぽく笑ってすすめた。それは、ルビークインと印刷された英国製の煙草だった。

私は、朝からもう五十本ばかりの薪を割っていた。太さはまちまちだったが、三尺くらいの長さの雑木を、私は可成り夢中になって割っていたのだった。節の少ない櫟だったら、五寸くらいの大きさのものでも一打ちで割れる。そんな時は、木口の裂けるのと同時に、うす甘い木の香が弾けるように広がる。真二つに割れた櫟は、割れ口が柾目に走って、うすいクリーム色した木質の縁を、ピンクのかった紫色の皮目が平行していた。

三尺ものの薪は、立てて、鉈や手斧で割るのではない。大きめの、節の多い丸木を枕に敷いて、その上にその三尺物を寝かせかけて、長い柄の楔形の刃の斧で叩き割るのである。斧の刃が薪の端から残るように叩いたのでは、それは思うようには割れない。端から二〜三寸余したところを枕にもたせて、その真上から叩くのである。薪割りにも結構要領《こつ》があったのである。慣れてくると、そんな要領が分ったりして、それはそれなりに面白いものだった。停学を宣告されて以来、薪割りは私の日課になっていたのである。

従姉は色が白かった。口紅を濃いめに塗って、眉をひいているだけで、ほかは化粧していなかった。そんなふうに化粧した女を、私はそれまで見たことはなかった。どこかエキゾチックで、やはり綺麗だと思った。

「いい体になったわね」

従姉は、久しぶりに会った私に驚いているふうだった。

「汗かいてるじゃない」

従姉は、ゴムまりでもおしているみたいに、私の首筋を気持ちよさそうに指先でつっ突いていた。

はじめての外国製のものということもあって、従姉に貰った煙草はうまかった。

昼までにはまだ少し間があった。母が運んできたお茶を貰うと、私は再び薪を割りはじめた。木の香が一瞬、あたりの空気を染めた。


その翌日、私は従姉のお供をして、私達の町からもっと海沿いの町にある、従姉の家に行った。その町は、私の祖父達がそこから出て来たところで、不知火海に面した、半島の中程にある町だった。従姉の家は、町中からちょっと外れていて、魚を祀った神社のある小さな岬の蔭にあった。

家では叔父が一人その娘の帰りを待っていた。私達が着いた時、まだ昼前というのに、叔父はもう酒の用意をしていた。叔父は酒好きだった。道楽にしている生簀のチヌを揚げて酒の肴に造ってくれた。

「東京は寒いんだろ」

叔父は、久しぶりに、綺麗になって帰って来た娘の姿に見惚れていた。そんな嬉しさもあってか、叔父はもう、銚子の二〜三本も空けると、すっかり他愛なくなってしまった。叔父はしきりに、好きな魚の話をしたがった。瞼がないから魚は瞬きしないということや、空気袋の調節のことから刺身の造り方まで、叔父は独言のように呟きつづけた。叔父は、鱗をはいだら魚は洗ってはいけない、と云った。洗うと、魚の味が流れてしまうからということだった。だから、刺身を造るにも、刺身をとりながら皮だけ残るようにさばくのだ、と云った。そうすれば、それだけ俎板の汚れを気にしなくて済むということだった。叔父は私に、そんな刺身のとり方を練習するように迫った。

私が、私達一家の由来らしい話を聞いたのもその時のことである。話には強引なこじつけみたいなところがないでもなかったが、叔父は私達に、お前達は海賊の子孫である、と云った。その話によると、私達の先祖は、玄界灘を舞台にしていた有名な海賊で、勿論それだけでも結構商売になっていたのだろうが、官憲の眼をごまかすためにも、海賊達は副業として廻船業をやっていたという。彼らは、塩や昆布やその他の海産物を積んで、長崎、島原を経て、叔父達のこの町にやって来た。帰り荷は多分、内陸の農産物だったはずである。船の大きさや、潮の加減からして、この町が一番内陸に近い、それらしい港だっただろうことは合点がゆく。ただ陸路の側からすると、そこは可成りの不便さが残る。その辺の曖昧さは、もうどうにもはっきりさせようもないが、とに角叔父の話に従えば、そうしてこの町を中継点に、海産物と農産物の交換が行なわれ、その交換が定期的になって、海賊、廻船屋の仲間うちが船から下りて定着したのだという。私達の、数代前の先祖のことである。そう云われてみれば、そこは半島の町で、背後には山が迫り、前はもうすぐ海である。地形からすれば、そこは辺鄙な漁村でしかないはずのところである。そんな、海と山に挟まれた手狭なところに、土蔵造りの大きな倉をもった、同じ姓を名乗る醤油屋が五〜六軒もあるということは、確かに其処では、醤油の原料である大豆や小麦や塩などが、それだけ容易に入手出来ていたということをも意味している。そして、商品としての醤油は、海路、不知火海沿岸の町や村に運ばれていた。そのような、当時としては広い範囲に亘る商域とその運搬手段というものは、どちらかといえば、それは土着の者の考えではなく、海を渡って来た者達の考えである。

話の筋は一応は通っていた。

叔父は私達に、お前達は海賊の子孫であると繰返し云いつづけた。

叔父は酔っていた。そして酔いが叔父の感傷を誘っているようだった。叔父は、若い私達に繰り返しそうと云いつづけることで、その、遂に実を結ぶことはなかったけれど、それなりの波乱はあったそれまでの境涯を、一人反芻しているようでもあった。

叔父は若い時、第一次大戦を当てこんで、鑵詰工場を始めて失敗した。町を出た叔父はその後、北海道から樺太あたりを転々とし、挙句の果ては、アマゾン河口のベレンとかいう港町の、いささかの知り合いの曖昧宿で、居候のような生活をしていたらしい。

境涯終って、叔父はその故郷の町に帰って来た。従姉は叔父の晩年の子供だったのである。酔った叔父を残して、従姉と私は海へ下りた。冬の海岸には人気がなかった。天草が正面に少しかすんでいた。光の屈折加減で、天草との中間にある小島は、冬でも、どうかすると宙に浮き上がっているように見える。叔父の家からは、居ながらにして不知火を見ることが出来たのである。八朔、旧暦八月一日深更、雨の日でないかぎり、決まってこの半島の沖には一面に赤い火が走った。それは、一種の蜃気楼現象とも、漁船の火とも云われていた。不知火である。

子供の頃、私は何度かこの不知火を見に来たことがある。しかし一度もその火を見たことはなかった。不知火の出る時刻を待ちきれず眠りこけていたのである。従姉は、そんな私の世話を甲斐々々しくやいてくれていた。

「あんたは、子供の時から魚の食べ方がませていたわね」

従姉も、久しぶりに下りた海岸で、その頃のことを思い出しているようだった。もう十年近くも前のことである。

小石の間を小さな魚が動いていた。音も立てずに潮が満ちはじめていたのだった。上げ潮は入江一面に広がっていた。それは、いつ見ても魅きこまれそうな、そんな量感を漲らせていた。

従姉は急に岬の方へ駆け出して行った。

私は、何故従姉が東京へ行ったかも知らなかったし、東京で何があったかも知らなかった。叔父を一人残して行ったのだから、ただ好きで行ったということだけではなかったはずである。私は、ふとそんなことを考えはじめようとしていた。

従姉が、岬のはなから私を呼んだ。波音一つない海岸で従姉の声はよくとおった。私も波打際を駆け出していた。南を向いた入江でも、初冬の水は、足首が痛いように冷たかった。

「ほら、こんなになった」

従姉は、スカートの裾をもち上げてみせた。従姉の白い足は潮に染まったように赤くなっていた。

私は、別れて来た人達のことを断続的に思い出していた。

私達はもう二時間余り、道路の片側の斜面に、射撃姿勢をとったまま伏せていた。点綴《てんてつ》する、前方の部落らしい黒い蔭で、モールスが点滅しつづけていた。私達は、日没直後頃から、兵力不明の、といってても小隊程度以上のものではなかったが、敵部隊に密着されていたのだった。私は助からないのかもしれないと思った。二〜三日前から、私達ははじめて戦場の敵と相対した。私達は自分達に向かって飛んで来る弾丸の唸りを知った。しかし、私はそれ程恐いとは思わなかった。

潔さは不良少年の誇りでもあったし、それに私にも、二十歳を越えては生きられぬ当時の若者の、悲しくはあったがそれなりに生きて来たという思いもあった。

同郷の入隊者と一緒に、父兄に付き添われて、私達は、入隊前日熊本へ出た。汽車の中でも、最後に一緒に映画を見た時も、母は何も云わなかった。兵営から左程遠くない旅館で、母は一晩私を抱いていた。四人の息子を、恐らく母はそうして次々に戦場へ送り出したのだった。別れだった。母は、現役兵が、入隊するとすぐ野戦に回されるという噂を知っていた。玉砕、転進の報がしきりに伝えられていた頃のことである。私は入隊した。

私は、中学を出るとすぐ、紹介する人があって華北の太原に渡ったのだった。停学事件以来特に、私は、学校、学業というものが煩しくなっていた。それに、いずれは兵隊にとられて殺される身じゃないか、と思ったりもした。

その頃、家の近所に、軍人上がりではなかったけれど、熱河、蒙古あたりを歩き回っていたという、片腕の男が帰って来ていた。私の「支那熱」はその男に煽られたものである。

私は、その男が話してくれた砂漠の太陽が見たかった。それは燃えあがるような陽炎であるという。拳銃を懐にしのばせて、包《パオ》から包へ男は情報を集めて歩く。敵の諜報部員も同じように包を巡っている。いつ殺されるか分らなかった。その夜泊まった包がその前夜、敵の工作員に工作されていないとも限らなかった。男は一人だった。馬の乳からとった酒をくみ、干肉を嚙み、牛糞を干した燃料をたいて暖をとる。味方の工作員は、数百粁《キロ》も離れた、遥か地平の彼方にしか居ない。数ヵ月、或いは一年近くも、男は一人の日本人とも顔を合すことはなかった。星を見上げて、男は故郷のことを思っていたという。任務が終って男は帰途につく。地平に、傾いた白いラマ塔が見えてくると、その先はもう包頭《パオトウ》である。砂漠が男の背後に遠ざかり、男はしばし、今度もまた帰って来たという思いにかられる。包頭は人馬が雑踏していた。そこには、果物があり、うまい酒があり、オンドルが暖かく、包の女とは違った綺麗な女達がいた。

私は、何度も繰返しそんな話を聞きに行った。男は何枚かの写真を見せてくれた。泥作りの低い家並が続き、後にラマ塔が傾いていた。蒙古服を着たその男が立っていた。

男は、命令が来て、優しかった女達と別れて、再び、砂漠の陽炎の中に帰ってゆくのだった。駱駝がいつも、不吉な鳴声を立てて、男の後姿を送ったという。

そんな塩梅だったので、太原行きの話があった時、私は一も二もなくとびついたのだった。それは、山西産業株式会社、民間の会社である、ということだけしか聞かされなかった。話を持ってきてくれた人も、あまり詳しいその内容は知らないらしく、私の方も、そんな話は必要ではなかった。

釜山から朝鮮を縦断して鴨緑江を渡り、当時の満州の奉天を経由して、山海関で中国との国境を越え北京まで、まる二昼夜、汽車は乗換えなしだった。北京で京漢線に乗換えだった。乗換えを待つ間、北京市内を見物する程の時間はなかったが、私は駅の待合室まで出た。

奉天附近では、見渡すかぎり山は見えなかった。山海関では、万里の長城が見えた。北京駅に入る前、汽車はその城壁に沿って長いこと走った。待合室は、綿入れの、黒い上下の中国服を着た男達で雑踏していた。頬紅をまるく塗った、前髪の女の子がいた。大きめの花柄の上衣と赤いズボンをはいていた。待合室は、大蒜と汗と垢の臭いでむせかえるようだった。私は、待合室の石作りの壁をじっとおさえてみた。周りの言葉は、一言も分らない中国語だった。私は、やって来た、という思いにひたりこんでいた。

太原までは、北京から京漢線で石家荘まで下り、更にその石家荘から石太線に乗換えて、太行山脈を横切らなければならなかった。汽車は断崖の縁を喘ぎながら走った。娘子関、陽泉を越えた。そうして、その太行山脈を越えると沿線の地形は一変した。それまでの険しかった断崖が消え、なだらかな段丘がはじまっていた。その段丘は、沿線の楡の植込と一緒に太原までつづいていたのだった。

太原駅は瀟洒な感じだった。アカシヤの高い木立があり硝子戸が光っていた。私は一歩一歩確かめるようにして汽車を降りた。車内のひどい人いきれから解放されて、四月の風は爽やかだった。はるばる来たという思いは、北京駅での時と変らなかった。

「那辺去《ナーベンチュイ》」

駅前に屯していた洋東《ヤンチョ》が、私の姿を認めると素早く駆け寄って来たのだった。それは日本人向けの中国語らしかった。私には分らなかった。それでも多分、何処まで行くのかと聞いているのだと思い、私は、西二道街山西産業と書いて見せた。しかし拉東人《ラチョレン》は字が読めなかった。二人は暫く顔を見合せていた。周りの人達が笑いだしていた。太原での第一歩だった。

奥地であると聞かされ、そして、そうして着いた山西省太原は、話とは違って日本人の多い町だった。地図で見ると、山西省は、西は黄河を挟んで、中国共産党の根拠地である陝西省とむかい合い、北は、あの片腕の男が話していた内蒙古に接していた。太原は、地図の上では、確かにそんな奥地の町だったけれども、其処には、まともな中国語が喋れなくても、結構暮してゆけるだけの日本人がいた。会社の人事係の話だった。私は少し期待外れの思いだった。

山西産業株式会社というのは、かつての北方軍閥の雄、閻錫山の遺産を、そのままそっくり接収して作られたものであるということだった。閻錫山は、山西省を一つの独立国家に仕立てようとしていた。彼は、山西モンロー主義を唱え、国家政策としての自給自足体制を築きあげようとしたのだった。山西省には、そんな野望を抱くに足りる資源があった。省内何処を掘っても石炭が出るといわれ、ポケット鉱床ながらも、可成り豊富な鉄鉱石があった。マンガン、モリブデンの鉱床があった。それに、省南地域は華北有数の穀倉地帯でもあったのである。

閻錫山から頂戴した山西産業株式会社は、そのように、その傘下に山西省の全産業を網羅したものだったのである。そして、その山西産業株式会社の社長は、誰あろう、河本大作だったのである。河本は張作霖爆死事件の責任をとって退役すると、満洲重工業の理事となり、次いで山西へやって来たのだった。しかも、その当時の彼の副官花谷大尉が、中将、山西軍の総参謀となって着任して来ていた。閻錫山の夢、山西省は、こうして河本大作と花谷参謀の掌中のものとなっていたのである。

私は、特務課に配置された。普通中学を出ただけで、実用的な知識技術は持ち合せていなかったのだから、労務か特務の下働きくらいが適当と判断されたのだろう。私の仕事は地図作りだった。集められてくる情報に従って、月に二回、山西省内の共産軍の勢力図を書きこむことだった。省北には、山西省を、大同から蒲州へ縦断する鉄道、同蒲線を挟んで、太行山脈寄りに聶栄奏がその根拠地を作り、陝西省寄りには澎徳懐がいた。南部には、黄河の大湾曲部へむけて賀竜。葉剣英麾下の新四軍が更にその南の方に蟠居していた。朱徳、林彪の名はあまり見かけなかった。

潞安近郊で警備隊の一支隊が全滅させられた。寧武木廠のトラックが焼かれた。軒崗鎮近くで、十数粁に亘って同蒲線沿線の電信線が切断され、電柱が切り倒された。汾陽洋火廠の中国人労働者が不穏な気配である。

そんな情報は、軍の情報部や、華北交通の特務班や、山西産業自体の情報活動で集められたものだった。そんな情報に従って、私は、共産軍移動の矢印をつけ、襲撃、破壊された地点にマークを入れ、省内各地に散在していた、会社の事業所、工場や鉱山に、その警備に不測のことがないように連絡していたのだった。机にむかっての仕事が多かった。それは、片腕の男の話とは雲泥の違いがあった。そして、それはたかだか一会社の特務の仕事でしかなかったのでもあるが、時代もまた、私がたきつけられたような、ロマンチックな工作員や馬賊が活躍出来るものではなくなっていたのである。方面軍はその支配体制を確立していた。

それでも結構、私は自分の仕事が楽しかった。私は共産軍についての事情通になっていた。私は、何枚も岡野進と署名されたビラを持っていた。少しずつ中国語が喋れるようになり、平気で大蒜をかじるようになり、中国服が身につくようになった。

たまには、そんな私も、本部で入手した情報をもって、各地の工場や鉱山に連絡に出掛けてゆくことがあった。

山西省はさすがに聞きしに勝るところではあった。省南の、黄河近くの運城には塩池《エンチ》があった。塩の湖である。それは、対岸の山が遥かにかすんでしまうくらいの大きな湖であったが、その岸は一面、真白に結晶した芒硝に蔽いつくされていた。風にあおられては黄塵となって舞上がる、あの黄土の小さな粒、実はその一つ一つが塩とアルカリの薄い膜に蔽われていて、運城の塩池は、山西省の黄土の、そんな塩分を溶かして溜まったものだということだった。一体どれだけの黄土があったのか、そして其処はいつから塩の湖となったのか、私は気が遠くなる思いで、その塩池の岸に立っていたことがある。

生物の気配一つないアルカリ地帯が数十粁に亘って広がっていた。動くものといっては、枯草が風に飛ばされているだけだった。そんな荒池を、トラックで横切ったりしたこともあった。どんな人物が、どんな仕掛けで、どんなことを為出《しで》かしたのか。そんな時、私は無性に中国の治乱興亡を知りたいと思った。

私は布鞋《プーシエ》の埃を払って、そんな出張から帰って来た。

電話番号九百十二《チューバイイスアール》番は、太原での私達の連絡場所だった。そこは、山西産業関係だけでなく、日本側と総称されていた、中国人の工作員、情報員達が集まるところだった。其処の責任者を劉東漢《リュードンハン》といった。彼は目元のきつい四十がらみの男だった。私はその劉東漢に可愛がられていた。中国語を教えてくれたのも劉東漢だったし、拳銃の撃ち方を、ただ引金を引くのではなく、銃把と一緒に握りしめるようにして撃つ、そんな撃ち方を教えてくれたのも劉東漢だった。私は暇さえあれば、大南門市場《ターナンメンスーチャン》の裏にある彼の家に遊びに行った。家には若い綺麗な太々《タイタイ》と、五つばかりになる、阿梅《アーメイ》と呼ばれていた女の子がいた。

「你好嗎《ニーハオマ》　阿梅《アーメイ》」

私は家の入口から、いつもそういって声をかけていた。

「我好《ヲーハオ》　你呢《ニンナ》　大高子《ターカオズ》」

阿梅は院子《ユアンズ》の奥の自分達の室から駆け出して来た。院子に面した他の室には、親類の人達が住んでいるようだったが、私はついぞそんな姿を見かけたことはなかった。阿梅は、私のことをノッポと呼んでいたのである。

そんな阿梅を、私はよく散歩に連れ出していた。柳行街にある日本人経営の喫茶店に行った。そこには、安くはなかったが、まだモロゾフふうのアイスクリームがあった。店主は、私に連れられた阿梅を見ると、黙ってアイスクリームを持って来るようになっていた。

「曖呀《アイヤー》　氷糕《ピンガオ》」と云って阿梅は喜んだ。店がすいている時、店主は私と並んで、氷糕を食べている阿梅を眺めていた。

戦争は険しくなる一方だった。

「こんな煙草も少くなった」

店主は時々、紫刷りのルビークインをすすめてくれた。

二度目の、乾いた夏がとっくに終り、秋が深まっていた。駅前で拉東人と顔を見合せてから、いつの間にか一年半にもなっていた。

私は国へ帰ろうと思いはじめていた。入隊が間近かになっていたし、ルビークインが田舎の人達のことを思い出させてもいた。

「阿梅《アーメイ》　你幾才了《ニーチーツイラ》」

「我五才《ヲーウーツイ》」

「你五才《ニーウーツイ》　小孩子《シャオハイズ》」

私は劉東漢の家に別れの挨拶に行った。私は入隊するために、国へ帰る旨を伝えた。劉東漢は、それは大変残念であると云った。そして送別の食事をするから、夜まで待つように云った。

私はいつものように阿梅を散歩に連れ出した。喫茶店の帰りに、私達は大南門市場に寄った。煤炭を積んだ駱駝の列が市場の前を通りぬけて行った。こぼれた煤炭を子供達が拾って走った。

市場はいつものように雑踏していた。食料品屋には、何か得体の知れない香辛料や高粱の粉が並べてあった。二毛子《アルマオズ》の毛皮を張った胴衣は、私の二カ月分の給料を合せても買えそうにない値段だった。露店の食い物屋では、わけの分らぬ汁物を売っていた。

阿梅によさそうな物はなかなか見つからなかった。探しあぐねて、結局、私は擬い物の安いヒスイの耳環を買った。阿梅は、それでもはしゃぎまわって喜んでくれた。

そうやって私達が帰った時、家ではもう食事の準備が出来ていた。雞糸《チースー》があり黄瓜《ホアングア》があり、烤鴨子《カオヤーズ》があった。飛びきりの御馳走だった。蒸饒子が山のように積んであった。私が一度に百個も食ったという話を、劉太々が覚えていたのだった。

「乾盃」

劉東漢は、中国随一の汾陽酒《フンチュー》だと云って、一気に盃をあけた。彼は、私の中国語より確かな日本語で口を開いた。

「三年経ったら帰って来るのか」

三年というのは、彼がそう思っていた、日本軍現役兵の服務期間のことだった。

私は、戦争がつづいているかぎり、それは駄目だろうと云った。それより、このままだったら、生きて帰ることも覚束ないだろうと云った。

劉東漢は静かに首をふっていた。彼は、

「死ぬのはよくない」

と云った。

「必ず帰って来なさい。その頃は世の中も変っているだろうし、私も今の仕事をやめて、もっとまともなことをやっているだろうから」

私は劉東漢が、中国の大きな秘密結社の一員であることを知っていた。彼は、その結社のつながりを利用して諜報活動の元締めをやっていたのだった。彼の身上について、私はその他には知らない。しかし、例えば、山西省には四人の主人がいた。日本軍、共産軍、中央軍、南京政府軍。劉東漢だけではなく、中国の民衆はそんな混乱の中を生きて来たのだった。何がまともな仕事であるかは分らなかった。しかし彼にとって、日本側の情報員である今の仕事がまともなものでないことだけは確かだった。気づいていないのは日本人だけだった。劉東漢はそのように口にした。彼は、私がもう帰って来ないだろうことを知ったのだった。

「再見《ツァイチエン》阿梅《アーメイ》　我回去《ヲーホイチュイ》　回到日本去《ホイタオリーベンチュイ》」(さようなら阿梅、私は日本へ帰る)

阿梅は親譲りのきつい眼つきで私の方を見た。

「你回去《ニーホイチュイ》　不要回去《ブヤオホイチュイ》」(帰っちゃいけない)

阿梅は、握っていた箸を投げ出して泣きだした。

劉太々が阿梅をたしなめた。

「我要当士兵《ヲーヤオタンスーピン》　所以《ソーイー》……」(私は兵隊にゆく、だから……)

それ程にはうまく喋れない中国語のせいもあったが、私はどう云って、阿梅に納得してもらったらいいか分らなかった。

私は阿梅を膝の上に抱きとった。

「可是《クースー》　我一定回来《ヲーイーディンホイライ》　阿梅是聡明的《アーメイスーツォンミンデ》　你等着我吧《ニートンジョヲーバ》」(けれどもきっと帰って来る。阿梅は利口だ

から待ってるね）

「――」

阿梅はなかなか信用しそうになかった。

「一定回来《イーディンホイライ》　那時候児《ナースホル》　阿梅是我的媳婦《アーメイスーヲーダシーフー》　好嗎《ハオマ》」（必ず帰って来るから、その時は阿梅は私のお嫁さんになるんだよね）

「你一定回来嗎《ニンイーディンホイライマ》」

「是啊《スーア》」

阿梅はやっと泣きやんだ。私は、くしゃくしゃになった阿梅の顔を拭いてやった。私は、最後には阿梅のことを思い出すだろうと思った。

劉太々も私のことを怒ろうとはしなかった。

私達は黙って盃を乾し続けていた。劉東漢が眠りかけていた阿梅をひきとった。夜更けて、私は劉東漢の家を辞した。

前方で点滅していたモールスが途絶えた。私達は小銃の安全装置を外した。チェコ式機関銃の甲高い音が響いた。前方の闇で機関銃が一斉に火を噴いていた。擲弾筒《てきだんとう》が私達の後方で炸裂した。それでも私達は応戦しようとはしなかった。暗闇で、敵も正確には私達の状況を把握しかねていたのだった。下手に応戦して、私達は、自分達の位置と正確な火力を知られたのでは、一たまりもなかったからである。指揮をとっていた見習士官は思いのほか落着いていた。

私達は敵の斉射の下でじっと待っていた。ひょっとしたら来てくれるかもしれないという、ただそれだけの救援隊を待っていた。私達は、更に二時間ばかりの後、私達の中隊に救出されたのだった。中隊は、敵の圧力が更に強まって、私達の連絡を待たずに、そして、帰りの遅くなっている私達の捜索もかねて、独自の判断で、確保していたその前線の部落から撤退して来たのだった。

私は熊本で入隊した。入隊すると同時に冬部隊に転属になった。冬部隊というのは、私が、山西産業の特務連絡員として運城を訪ねた頃、奇しくも、山西省南部一隊に駐屯していた部隊であった。部隊は既に南下しはじめていた。私達はその後を追った。はじめて太原へ行った時と同じように、私達は朝鮮を縦断し、奉天、山海関を過ぎた。しかし私達は、その時とは違って京漢線を経由せず、天津から浦口へと下ったのだった。浦口からは、揚子江を遡航して漢口を通過、その北にある考感という町に集結した。考感で私達は出発命令を待った。その間、初年兵教育を受けていなかった私達は、いきなり実戦訓練にかり出されたのだった。対手は葉剣英の新四軍だった。

私達は、その一週間くらい前から、その実戦訓練に従って、討伐作戦に出動していた。戦闘隊の最左翼に展開していた私達の中隊は、もう三日間、可成り優勢な敵部隊と相対していた。敵の火砲は強まるばかりだった。中隊は、中隊の直面している状況説明と、本隊から撤収命令を出させるため、護衛兵をつけて連絡将校を出したのだった。私達がモールスにつきまとわれ、機関銃の斉射を浴びて釘づけになったのは、本隊からの撤収命令を貰って中隊へ帰る、その途中のことだったのである。

私達は本隊に合流し、そのまま考感に帰った。考感では出発命令が待っていた。行先はビルマ戦線だった。私達は、討伐作戦の疲れをいやす間もなく出発した。漢口を過ぎ、再び揚子江を渡り、私達は、岳州、長沙を経て南下した。湖南は一面の雨だった。

私達は、くる日もくる日も歩き続けた。軍靴が重く、銃が弱った肩を圧しつぶした。ビルマは遙かな行軍の果てに消えた。

そうして、私は、再びそれまでの日々を思い出すことはなかった。

越南ルート

「部落の溝に、老婆が背中から血をふいて倒れていたんです。持って逃げようとしたんだと思いますけれど、辺りには鍋や衣類が散乱していました。

私達はビルマ戦線に出ようとして、中国大陸を縦断していたんです。中国の奥地では、日本軍の兵站線はもう潰滅していましたから、行軍間の糧秣の補給は何も彼も徴発によっていました。徴発には、普通だったら三日に一度、どうかすると連日出かけなければなりませんでした。手ぶらで帰ることがよくあったんです。

戦争末期には私達のような部隊が次々にその辺を南下していて、沿道は廃墟のようになっていました。沿道から、ひどい時には三十粁から四十粁も奥に入らなければ、それらしい部落は見つからなかったんです。徴発隊は通常は中隊の三分の一くらいの人数で編成されていました。それで、部落に入る時には、まずその部落を三方から包囲して、抵抗があろうとなかろうと、相当長いこと機関銃を撃ちこんでいたんです。籠を担いだり、大きな包みを背負ったりして、部落民達は蜘蛛の子を散らすように逃げていました。時々抵抗の烈しい部落がありましたけれど、そんな部落では大抵獲物も多かったんです。何といってもまず米でした。華南は暑くて湿気も高いところでしたので、米は殆ど籾のままで貯蔵されていました。床上げした納屋に、ぶ厚い板で作った大きな槽があって、その中に貯蔵されていたんです。鉄砲をその両角に撃ちこむと、中の圧力で前の方の板がはがれて滝のように籾が落ちてくるんです。そんな保存の仕方がゆき届いていたのか、それらの籾は冷んやりした感じでした。

私達は、行軍している時も徴発に向かっている時も、回りの田圃の切株を可成り注意深く見ていました。切株の状態で、収穫の時期や作柄の予想をしようとしていたのです。沿道から奥に入って、刈り取ってそんなに間のない、大きな切株を見つけたりすると、私達は、猟師が何かそれらしい獲物のしるしを見つけたようにも、いろめき立っていました。そんなふうに私達は獲物を狙い、そうやって部落への間道を三方に分れて侵入していたんです。

はい。納屋には籾磨りの臼まで蔵ってありました。碾臼の大きなものと思えば間違いありません。ただ粘土のような泥を固めて作ったもので、周りを細い木の枝を編んだもので締めつけてありました。ところで籾磨りというのは、籾を入れて臼を回せば籾殻のむけた米が出てくるんですから、行軍なんかに比べると結構楽しいもので、奥の炊事場から、鍋ごと持出して来た飯を頬張ったり、干肉や卵焼きなんかで米酒《ミーチュー》をあおったりしながら、皆いい気になってやっていました。そうやって主食の手当てがすむと次は家畜でした。いろいろいたんですけれど、私は不覚にも豚に噛みつかれたことがあるんです。豚と一騎討ちをやったんです。はい、もう広西省の四月といえば日本の真夏より暑いくらいでしたから、家畜類は、殺してすぐ腐らせたりしないように、出来るだけ生捕りにしていたんです。それで、あの擬装網、敵に分らないように被る、だんだらに染めたあの網、をかぶせて生捕ろうとしたんです。ところが対手は真黒な猪みたいなやつで、こちらは長い行軍で消耗しきっていましたから、勝負にならなかったんです。体当り一発でひっくり返されて、踏みつけられたうえに右手に噛みつかれたんです。薬指が噛み切られそうになりました。結局は帯剣で滅茶苦茶に刺し殺したんですが、糞と血だらけになって、しばらく豚小屋の中にしゃがみこんでいたことがありました。態はない話です。牛、山羊、家鴨、水牛。肉が固くっても水牛みたいな大物を捕まえた時はやはり大賑いをしていました。それから、塩、胡椒、油、砂糖、野菜、もっとも塩は滅多に見つからなかったんですけれど、でも、そうなるともう欲というもので、そのたんびに途中で捨ててしまうのに、煙管から夜具類まで持出していたんです。

はい。引揚げる時は必ず火をつけていました。私達の方はその日の獲物を運んでいるために、行動の身軽さをなくしていましたから、部落の自警団なんかに逆襲して来られたら一たまりもなかったんです。何度かそんなことがありました。水田の中に一晩中つかりっきりになってい たことが時々あったんです。だから、自警団が部落の消火にかかりっきりになって、私達を追跡して来れないようにと、部落を引揚げる時、必ず火をつけていたんです。その間に私達は鍋や米の包みを背負ったり、牛や羊を追ったりして帰っていました。高みに出た時にふり返ったりすると日が暮れるにつれて、部落の火事は益々燃えさかっているように見えたりしたものです。

徴発というのはそんなことだったんです。

「はい、私達は戦車とか大砲とか、そんな派手な戦闘は知らないんです。戦闘の経験としては、せいぜい機関銃の撃合いくらいのところまででした。歩いたんです。ただもう馬鹿みたいに歩いたんです。孝感という、河南と湖北の境の町からビルマまで歩こうとしたんです。

昭和十九年の十一月といえば、もう、敗戦を認めたがらなかったのは日本だけで、その頃は他の戦線でと同じように、ビルマでも日本軍はなだれをうって敗走していました。そんなビルマでの戦線をたてなおそうとして、華北に駐屯していた部隊の一部が移動してゆくんですが、当時は既に鉄道も船も皆破壊されたり、沈められたりしていて、結局行軍より他に移動のしようがなかったんです。私もそんな部隊の一員だったんです。私はドンダンという、国境を、当時の仏領印度支那側に越えてすぐの町で入院しましたけれど、一番遠くまで行った連中はバンコックで終戦だったそうです。

十一月末に行軍が始まって、国境を越えたのが二十年の五月の末でした。いいえ、三日歩いて、大休止といって一日は休んでいました。その大休止の日には、糧秣受領とか、洗濯とか、それに私達は初年兵でしたから、二〜三時間の教練なんかがあっていました。でも、そんなきちんとした行軍生活は、初めの頃のほんの暫くの間だけだったんです。岳州を過ぎる頃から、早々と兵站線が悪くなって、食糧は自前調達、徴発に出かけなければならないようになってしまいましたから、結局、最後まで一日も休みなしに歩き続けたのと同じことになるんです。

兵隊のことでは、私は行軍のことしか知らないんです。内務班の話や、毎日の教練のことは帰って来てから聞きました。でも、長期の行軍程、辛くて惨めなものはないと思います。一口では何と言ったらいいですか、歩いているミイラみたいになってしまうんです。痩せて筋張って、眼も口も乾いてしまって、腹一ぱいの埃を吸いこんで、生きているものの姿ではありませんでした。ほんとに枯木のようなものが歩いていたんです。長い行軍を続けていると、もう身も心も乾いて枯れて、フケが飛ぶように何処かへ消えてしまうんですよ。人の心って青物と同じなんです。水がきれたり、肥料が足りなくなったりすると、萎びて消えてしまうんです。行軍てそんなものでした。でも例えば、前の兵隊の銃口に額をひどくぶっつけた時なんかはすごく腹を立てていましたし、下痢でもしようものなら、行軍間の下痢は命取りでしたから、奈落の底に引きずりこまれるような思いをしていました。そんな、生理と直結しているような感情は、何といっても生きてはいたんですから、残っていたんです。でも、心といえば少しは生理から離れているものだし、そんな体から少し離れた心の動きというものは、乾いてフケのようになくなっていたんです。後でお話しますけれど、国境を越えるまでそんな場面の連続でした。

それでも長沙まではそんなに大したことでもありませんでした。雪の洞庭湖を右てに眺めながら、それは墨絵のようにけむっていたし、足の小指の内側なんかには、どうかするとまだマメが出来るようなこともありましたから。はじめの頃は、歩けなくなるのではないかと思うくらいマメが出来たものでした。軍足といってましたね、あの靴下の、底のところとか、踵のところとか、足指のつけ根にあたるところとかには、石鹸をすりつけて少しでもすべりがよくなるように気をつけていたんですけれど、かたい軍靴には大して効き目はありませんでした。夕方宿営地に着いて、クリークの水に足をつけると、腫れた足が冷えて、湯気でも立つような気持ちがしたものです。そんなマメが二度つぶれ三度つぶれすると、木の根のような足になってくるんです。後では靴下もはいていませんでしたけれど、靴が破れても足は何ともないようになっていました。人間の足なんてものではなくなっていたんです。人間らしい足をしていたのはやはり長沙までだったんです。そんなふうで、長沙を過ぎてから何も彼もが急によくないようになってしまいました。人間らしいところが一ぺんになくなってしまったんです。距離からいっても長沙あたりまでが一行軍の限度ではなかったのかと思っています。他のことからしてもそんなふうに思うんです。

行ったことがあるとかないとかいうばかりでなく、新聞や雑誌でも読んだことがないような、そんな全く知らない土地ってどんなところか分りますか。きっとそんなところだったんです。長沙から奥は。長沙まではニュースにも時々出ていましたし、それなりの場所を心の中にも持っていたんです。それが長沙を過ぎたら。心細いってのとは少し違うんです。揚子江の岸で、後れた渡船を待ちながら、凍った飯を食ったことがあるんですけれど、対岸には枯れた葦が風のように揺れていました。その時の、足許からひきずりこまれるような気持ちとも違うんです。ひっかかるようなものが何もなくて、流砂の世界にでも入ったようでした。それまでは、ビルマまで、回り回って行くんですから、四〜五千粁はゆうにあるのでしょうけれど、それでも一日三〜四十粁ずつ歩けば何日目には行きつけるなんて、そんな計算みたいなこともしていたんです。それで百何十日目かには行きつけるなんて思ってみたりしていたんです。ひどい思い違いだったんですけれど、でも、やっぱりその頃はまだ正気だったから、そんな思い違いもしていたのだと思います。ビルマにしろ、自分の足許にしろ、絶対に崩れることはないと信じこんでいたから、そんな計算めいたことも出来たんですよ。それが、ビルマが流れはじめたんです。長沙を過ぎる頃から、雲が流れるようにビルマは消えてしまいました。ほんとは私達の方が流れはじめたのでしょうけれども。はい、そりゃいろんな形をした山もあったし、きれいな水の川もあったし、部落もあり、花も咲いていました。でも、そんなものは何も私達のことにはならなかったんです。ガラスに画いた水絵みたいなものだったんです。何一つ気持ちを動かすようなものはありませんでした。

そうなんです。ヨーロッパを出て、どこまでも西へ西へと進めば、必ず元の港へ帰って来れると信じきるには、余程の強い精神がいる筈なんです。地球儀を回して線を引くようにはゆかないんです。来る日も来る日も海ばかり眺めていたら、地球の上には陸地はなくなったと思いこむようになる筈ですから。全く未熟な私達がそんな強い精神をもっている気遣いはありませんでした。謀叛を起そうとした水夫達と同じだったんです。肉体も精神も草臥れはてて、思い出すかぎり歩いていたような気がするし、何処までいっても歩かなければならないような気がしたものです。今日一日歩いたから、あと九十三日でビルマに着けるなんて、ほんとにとんでもない思い違いだったんです。終りがなかったんです。それで、そんなふうに歩きながら、時々ふっと自分が歩いていることに気がつくことがありました。そんな時はもうどうしようもなかったんです。地獄でした。逃げ場がなかったんですから。長沙だったんです。思えば長沙がそんな地獄の入口だったんです。

佐野新吉が残飯をあさり始めたのもその頃からでした。時々飯盒の洗い場なんかで顔を合せていましたけれど、あの時は妙にどきっとしたことを覚えています。佐野みたいにひねくれた奴が残飯を食うなんて、やっぱりひどいことなんですよ。餓鬼でも見ているようでした。あいつも地獄にふみこんでいたんですよ。崩れてしまったんです。佐野は逃げました。逃亡したんです。衡山といって、広西省に入ってすぐのところでした。生きのびるあてなんてないんです。それは逃亡しようとしていた兵隊が一番よく知っていた筈なんです。それでもやっぱり次から次へと逃げていました。伝染病のようでした。私だって二度や三度は思ってみたことがありますす。どうして逃亡するかって、それは、何処かの水夫みたいに謀叛を起す程の気力もなかったし、そんな知識もなかったからです。九分九厘殺されることは分っていても、逃亡するその時は、本人はまだ殺されるような事態に直面しているわけではないですから、もしかしたらという期待もないではなかったんだと思います。そうなんですけれど、逃亡の一番それらしい理由としては、とに角行軍地獄から逃れたかったんですよ。出口のない行軍から逃げだしたかったんです。でも、今考えてみれば、そうするには反対に、出来る筈はなかったのかもしれませんが、地獄の中に埋もれてしまえばよかったのではなかったかって気がするんです。

そうなんです。ビルマまでの見通しは利かなくなった代りに、眼の前の時間はひどく透明になっていました。明日やるだろうことは昨日やったことと全く同じだったんですから。朝起きて、歩いて、休憩して、寝る。歩きはじめて十分くらい経ったら銃の肩を替える。背ノーを五回ゆすりあげて暫くすると小休止になる。小休止は十分間。間違いようはありませんでした。人間の一生も、考えてみればそんなものかもしれないんですね。ただ、娑婆の時間は人いきれで濁っていますから、変な女にのぼせてみたり、思うことが出来ないといっては悲しがってみたり、なかなか透きとおったりはしないものなんでしょうけれど。それで、私達もそんなふうに時間を濁らすことが出来たらよかったんだと思います。分隊長をこっそり殺してみるとか、わけもなしに手榴弾を投げてみるとか、そんなことでも考えられたら少しはよかったのかもしれません。そういえば、後で落伍兵を追回していた頃は確かに逃亡はなくなっていたようでした。落伍兵が憎かったんです。棒切れで叩きちらしたりすることがありました。それで、そちらの方に気をとられるようになったんです。濁ったんです。でも、それがまた別の地獄でもあったんです。

佐野が逃げた時ですか。悲しいとも思わなかったし、大変なこととも思いませんでした。というより、思えもしなかったんです。軍隊って監獄みないなところでしょ。そんなところで、それまで何の関係もなかった連中と一緒に寝起きをするようになるんですから、入隊した頃は、一人でも知っている奴がいたら、えらく心強かったんです。佐野はあんな奴でしたから、すぐ周りの者といざこざを起していました。そんな時はいつも私が助けてやっていたんです。それでもですね、広西省まで歩くと、そんなことも、子供の頃のことも、もう何の重さもないようになってしまっているんです。決して忘れてしまったわけではないんです。はっきり思い出すようなことがあっても、それが何の粘り気もなくなっていて、色のぬけた絵みたいなものだったんです。他人同志の思い出のような。はい、私も探しには行きました。中学校の同級生ということで、小隊長はすぐ私を捜索隊の一員に指名したんですけれど、私としても、今お話ししたような次第で、どうしても探し出さなければならないなんて思ってはいませんでした。それに草臥れきっていましたしね。一通り探したことになればそれでよかったんです。部隊としてもその頃はもう、逃亡兵捜索なんて単なる手続きに過ぎなくなっていました。そんなことにいちいちかまけていたら、行軍は後れる一方だし、兵隊には余計な消耗になるし、深追いはしなかったんです。

佐野のおっ母さんには、生きているかもしれないって言っただけです。気丈なおっ母さんで、私の生還を一言祝ってくれました。それ以上私の方にも何も言うことはありませんでした。おっ母さんは佐野がもう帰って来ないだろうということを知っていたようでした。待っていた人達の方が私達より帰還兵の様子はよく知っていたんです。

「行軍というものは歩き出す時が一番つらいんです。朝八時に出発して、三十二粁行軍の時は五十分で四粁、四十粁行軍の時は四十分で四粁歩いていました。四粁歩くごとに十分間ずつの小休止があったんです。それで小休止が終って歩き出すたんびに、はい、たった十分間の小休止でも、その間に熟睡するなんて芸当をしていましたし、終るという感じがしていたんです。それで、その歩き始めるたんびに、下半身が麻痺しているように重くなっていました。はい、小休止の逓伝が前から伝わって来ると、次の行程が少しでも楽になるようにと、差し当っての最後の力をふりしぼって、一歩でも二歩でも前に出て休むようにしていました。四粁ずつを歩き続けるってそれくらい長いものだったんです。でも、心細くなっていたのは、四粁がそんなふうに長かったからというだけではありませんでした。足首や膝の関節が全くしまらなくなっていたんです。普通歩いている時には、一歩一歩その片足ごとにどれだけの重さがかかっているか誰も気に留める人はいないでしょう。膝や足首の関節がそのたんびにきりっときまっているんですよ。それがどうにもきまらなくなるんです。後にのこった方の足じゃないんです。前に踏み出した方の足です。急な坂道を下る時、前に出した足を踏張って体を支えるでしょう。あの時の踏張りというか足応えというか、あれが全然かえって来ないようになっていたんです。それは真っ平な道でした。今でこそ国道何号線とかいって、この辺の道路も殆ど舗装されていますけれど、戦争当時の日本の国道なんかより、それはうんといい道でした。仏印ルートといって、日本軍が仏印に進駐するまでは、ビルマルートと並んで援蔣物資輸送の大動脈だったんですよ。そんな真っ平な道で、よろけるくらいのことではありませんでした。どうかすると担いでいた鉄砲なんかも抛りだすようにして派手に転んでいたんです。三里の灸から膝頭辺りまで完全に痺れていました。叩いても抓っても痛くも痒くもなかったんです。それで、そんなふうにして転ぶたんびに、もう起きあがれないだろう、今度は駄目だろうって、這いつくばったまま思っていました。それでも、暫くそんなふうに、歩くというか動くというかすると、関節も暖まってきて、節々にも力が入るようになっていたんです。それにつれて歩き方も少しずつ変っていました。踵で歩くようにするんです。普通の調子で歩いたのでは、とに角前のめりになって体が支えられなくなってしまいますから、腰を少しおとし加減にして、踵で体の重みを受けとめるようにしていたんです。ぼってりして、見られた恰好ではなかったでしょうけれど、転ばないようにするには、そうするのが一番いい歩き方でした。その代り、どうしても歩く速度はそれだけ遅くなっていたようでした。そんなにして苦心惨憺、歩きはじめの一番つらいところを切りぬけると、次には、待ち構えていたように体中が痛み出していたんです。肩も、腰も、背中も、痛みのジャケットにしめつけられるように痛み出していました。腰の痛さは切れるような痛さだったんです。帯革に圧されるんです。あの厚みは一ミリくらいのものだったと思いますけれど、あれが腰骨に入りこんでくるようだったんです。丁度細身のナイフを突き刺したままにしておいたら、あんな痛みがするんじゃないですか。いいえ、左脇にある帯革吊りに吊るしていましたから、腰骨には軽く触っていただけなんです。それであんなに痛かったんですから、腰骨がとり出して見れるものだったら、今でも、帯革のあとが、骨が腐ったように黒々烙きついているのではないかと思っているんです。たまには思いあまって、カウボーイの拳銃のようにぶら下げてみたこともありました。ところがゴボー剣というのは、拳銃より随分長くて、そんなふうに吊るすと膝に当ったり、まきついたりして、結局、手でおさえなければならなくなるんです。誰も一度っきりでやめていました。肩の痛みは沈んでいました。背ノーの負紐、雑ノーの紐、水筒の紐、みんな肩に沈みこんでくるんです。背ノーや雑ノーが重いというのじゃなかったんです。そうではなくて肩の方が、筋肉の張りがなくなってしまっていたんです。弾力のなくなったゴムのようになっていたんです。痛みが新鮮だった。出発した頃の痛みが懐しくなったりすることがありました。脚気の時、脛を圧したらへこむでしょう、痛さが眼に見えるなら、肩の痛みはあんなふうなものだった、といったら一番ぴったりするようです。脚気の脛に背ノーの負紐を圧しつけて、へこんだそのあと型が痛みなんです。いろんなことをやってみました。背ノーの両方の負紐に、手拭とか他の紐とかをとおしてぐっとしぼってみたりするんです。そうすると肩の方は楽になるんですけれど、その代りに胸がしめつけられてしまうんです。ボロ布を肩当てにもしてみました。肩当てにするには少しはぶ厚くしなければならないんです。そうすると、そこだけで背ノーの重みを支えるようになって、痛みが肩当ての形のように集まって来てしまうんです。それで次には、その肩当てを少し前の方にずらして、鎖骨のところに当たるようにすると、肩の方は楽になるけど、もうその前に腋の下をしめ上げられてしまって、腕が痺れてどうにもならぬようになっていました。四粁を歩く間には、何度も何度もこんなことを繰返さなければなりませんでした。五十分間足を動かしていたらそれですむというものではなかったんです。それで奇妙なことに、もうどうしても痛くて我慢出来ないと思うようになると、大抵小休止だったんです。あれはどういうことだったんでしょうか。一時間が疲労の限度だったとは思えません。やっぱり体の方がそんなふうに慣れてしまっていたのかもしれません。体の方がちゃんと時間の計算をしていて、その時が来ると一ぺんに痛みを野放しにしていたとか。よく分らないんです。それとも、小休止になって、後でそんなふうに思っていたのかもしれません。

行軍の後れをとりもどそうとして、時々、落伍兵が居ない時なんか、二十四時間歩き続けることがありました。普通の行軍でさえ、お話したような有様だったんです。それなりの休憩はとっていたとはいえ体が割れるようでした。そんな時には、別に悲しい思いをしたわけではないのに涙が出ていました。時間が長かった割には行軍間隔がのびきったりして、あまり効果的な行軍の仕方ではなかったようです。

「桂林を過ぎた頃のことだったと思います。崩れかけた土壁の蔭にはなっていたんですけれど、全く不思議なことに、その仏印大街道に沿ったすぐ側のところに蚕豆《そらまめ》畑があったんです。あの頃はもう食ったり食わなかったりで、誰も彼もひどく消耗していました。忽ちでした。鉄砲も背ノーも抛り出して、我先にと豆畑にとびこんだんです。もう皆で取り合いでした。立回りのいい奴は根っこから引き抜いて束にしてとってゆきました。私も雑ノー一ぱいくらいはとったんです。ところが、蚕豆ってのは莢が馬鹿みたいに大きくて、むいてしまったら幾らにもならないんです。でも、久しぶりに内容の充実した収穫だったし、あの時は、丁度宝物でも抱いているみたいにして、雑ノーを抱いていました。蚕豆にあんなに栄養があると知ったのもその時でした。吸取紙がインクを吸取るみたいに、食べた途端に、爪の先まで色が変るような気がするくらい、それはほんとにうまかったんです。スープにして食べたんです。山村義夫と。はい。あれも行方が分らぬようになってしまいました。歩哨に立っていて、そのまま拉致されたらしいんです。上番の歩哨が交替に立哨地点に行った時には山村は居なかったんです。雨の降っている夜でした。ほんとに真っ暗だったんです。時々そんなふうにして歩哨がやられることがあったんです。

それで、山村は小さい頃から要領が悪くて、人と競争して何かするなんて出来なかったんですよ。その時も他の兵隊の周りをうろうろするばっかりで少しもとってはいませんでした。そんな山村のことを知ってはいたんですが、私の方にも面倒を見てやる余裕もなかったし、その気もありませんでした。はい。昼飯の時、『塩はいらんか』と言って私のところに来たんです。

飯は、普通は前の晩に、翌日の昼の分まで炊いておくようにしていました。大体、掛盒《かけごう》一ぱいが一食分でしたから、米さえ十分だったら三ばい分炊くんです。それが、お話しましたように、その頃はもう米なんてあったりなかったりで、ある時でも節約させられて、掛盒一ぱいを三食分にあてていました。掛盒一ぱいの飯を三食に食い分けるなんて、とても出来る芸当ではありません。一度でも腹一ぱいになった方がいいって、大抵の兵隊は一ぺんに食ってしまっていたんです。それで朝昼ぬきになってしまうんです。分隊長に文句言われるのもいやだったから、飯の時は空の飯盒をあけて、適当に食う真似なんかしたりしていたんです。その日も早々に飯盒は空になっていました。でも、特別の収穫があったんですから、私はもう大っぴらに飯盒で炊こうと思っていたんです。ところが山村は要領が悪いだけに律義者で、何処で見つけたのか、『これで炊こう』って太目の空罐を持って来たんです。そんなものでも彼奴にしてみれば少しは交換条件のつもりだったのかもしれません。塩は長沙を出発する時、靴下に半分くらい詰めて持っていました。徴発でも、塩だけは滅多に見つかりませんでしたから、大抵の者はもうとうの昔に舐めてしまっていた筈です。山村も、持っているという程持っていたのではありませんでした。靴下の爪先のところに少しばかりこびりついていただけなんです。それでも、塩は溶けてしみこんでいますから、豆とその靴下を一緒に煮たんです。

何処か川の岸だったように覚えています。中国には珍しくすみきった水の流れている河原でした。大きな木の蔭があったりして、足を水につけながら食ったんです。後にも先にも、長い行軍の間、あの時のように優しい気持ちになったことはありませんでした。蚕豆の塩スープだったんです。

それから暫くして、地獄の最終回が始まったんです。


「人間の顔もあれくらい痩せてくると、お互い同士よく似てくるんです。眼が落ちこんで大きくなって、うるんだようになるんです。それから顳顬《こめかみ》がへこむんです。それで額が骨ばって来て、顎が張って、頬骨がとび出して、何のことはない、骸骨に似てくるんです。皆が夫々骸骨に似てくるから、今度はお互い同士がよく似た顔つきになってしまうんです。

その頃から落伍兵が続々出はじめました。落伍兵には二通りのものがありました。下痢が原因で栄養失調してしまう奴と、下痢はしていないけれど、消耗と補給の差だけ間違いなしにゆっくりすり減ってゆく型と。これも帰って来てから聞いたことなんですけれど、若い兵隊ほど栄養失調にはなりやすかったんだそうです。人によって違いはあっても、二十歳やそこいらでは、まだ成長しているところが残っているとかで、それで、それだけ余計に養分を要求するんだそうです。私達は一年繰上げになった検査で採られた兵隊でした。皆まだ二十歳になるかならぬかというところだったんです。話は後先しますけれども、私達は初年兵だけで編成された部隊でした。仏印の何処かで、先行していた本隊に追いつく予定になっていたんです。将校、下士官が中隊に五～六名ずつ、古参上等兵が分隊に二名ずつくらいついていて、あとは全部初年兵でした。だから、落伍兵もそれだけ余計に出ているのかもしれません。

それで、その純粋失調型、下痢じゃない方はやはりそれなりにしっかりしていました。大抵最後まで歩きとおしていたんです。そりゃ、鉄砲とか背ノーとかは他の兵隊が替ってやっていたんですけれど、一生懸命歩いていたんです。巻脚絆を巻いた脚がほんとにか細くなっていて、その先の方にひどく大きく見える軍靴をつけて、丁度、脚の先に軍靴をくりつけて、やっと運んでいるような塩梅でした。この純粋型の落伍兵には、流石の私達もあんまりひどいことは出来ませんでした。だからといって、決して親切にしてやった覚えはないんです。でも、それに比べると下痢で落伍した兵隊はあわれでした。下痢はクリークの水を飲むからなんです。毎朝出発の時、水筒一ぱいのお湯は沸かしていたんですけれど、華南の四月といえばもう真夏のように暑かったんです。その上頭から直射されて歩いたら、水筒一本くらいのお湯では、とてもも昼までももたないんです。水の側を通ると、歩きながらさっと帽子で掬って飲んでいました。アメーバー菌を飲むのと同じだったんだと思います。覿面《てきめん》でした。それに、食えそうなものだったら、手当り次第何でも食っていましたし、内臓も弱りきっていたんです。はい。私も何度かやりました。その時は流石にどきっとするんです。薬も何もなかったし、絶食療法なんです。一日中飲まず食わずで歩くんです。それで止まらなかったら、大体助からなかったようです。そうなんですけれど、それでも水を飲まなかったのは下痢した当座の四~五日でしかなかったような気がします。一週間もすればまたぞろ飲むんです。そしてまた下痢なんです。どうして飲むかって、そりゃ、どうしても飲みたかったからなんです。木の蔭一つない道を、前歯をむき出しにして、そのむき出した前歯が埃で真黒になるまで歩いたら、水さえ飲めれば、ほんとに、後のことはどうなってもいいって、そう思うようになるんです。それでさっきも言いましたようにに、その下痢が一日で止まらないようだったら、それが命とりになってしまっていたんです。

そうだったんです。当り前のことだったんですけれど部隊は一人の兵隊の用足しをそのたんび待っていてはくれませんでした。どんどん行き過ぎてしまうんです。五十分で四粁という普通の速さでも、五分で四百米も取残されてしまうことになります。慌てて追いかけて、追いついたと思ったらすぐまたそうなんです。こんなことは、余程体力のある者でも、二日と続けられるものではありませんでした。それで翌日からは、わざわざそのために道端のそんな場所を探すようなことはしなくなっていました。というより、出来なくなっていました。そのままだったんです。それでもそんな兵隊の装具を、分隊長に指図されるまでは、決して誰も替ってやろうとはしませんでした。当人としても、水は飲んだんですけれど、それは心細いかぎりだったんですよ。はい、人間愈々駄目になった時はすぐそれと分るんです。顔つきが変るんです。顔のシンが消えるんです。生きる意志がなくなった時の顔ってまるっきり変ってしまうものなんですよ。そうなってやっと、分隊長が装具や鉄砲を替ってやるように指図していました。一行程ずつ交替で持つようにするんです。いつかもお話しましたように、誰も彼も自分のことだけで、もう精一ぱいでした。そうだったのに、自分の背ノーの上にもう一つ、落伍兵の背ノーを頭で支えるようにして乗っけなければならなかったんです。墓石でも背負いこまされたような気がしていました。鉄砲を受持った奴は自分の鉄砲と夫々両肩に担ってゆくんです。はい、鉄砲はしょっちゅう肩を替えていましたけれど、草臥れるにつれて、その肩を替える時間が短かくなってくるんです。そうしてどうにもならなくなると、天秤棒のようにして担いでみたり、さかさに担いでみたりしていました。それで大して楽になっていたわけでもないんですけれど、一寸した気分紛らしくらいにはなっていました。それが、両肩ともふさがったんですから、ただもう怺《こら》えるだけになってしまったんです。両肩の鉄砲を一緒に揺すりあげるのは、思ったより簡単ではなかったし、それこそ痛みがシンシンと沈みこんで来ていました。そんなふうで落伍兵は小突き回されていたんです。行軍速度は落ちるし、肩は痛むし、私達は全てを落伍兵のせいにしていました。そんな苦痛の増幅に比例して、私達は彼らに当り散らしていたようです。家畜でも追ってるようにしている時がありました。それでも結局、歩けなくなる時が来るんです。大体小休止や昼の大休止の後、落伍兵は動けなくなっていました。そうなると担架を作らなければなりませんでした。適当な、それらしい棒切れを拾って来て、それに天幕を括りつけるんです。そうして担架搬送が始まっていたんです。捨ててゆこうとは思いませんでした。捨てなかった一番確かな理由は、そんな考え方に慣れていなかったということだろうと思います。それは思いもよらぬことだったんです。ですから、誰かちらりとでもそんなふうに考えついたら、もう何の容赦もなしに捨てていただろうと思います。皆もう身動きとれなくなっていたんです。一人の担架搬送患者が出ると、担架を担ぐのに四名、背ノー一名、鉄砲一名と都合六人はつぶれるんです。三十四〜五人しかいなくなった小隊で、そんな担架が二つも出たら、二組くらいの担架は珍しくもなかったんですけれど、そうなったら、一日の行軍の間に三行程くらいは何かを担いでいなければならないことになるんです。そうやって順繰りに消耗しきっていったんです。捨てることさえ考えついていれば、それが数の問題でないことくらいは承知していますが、あんなに死ぬことはなかったんだろうと思います。

たまには、担架にする棒切れがどうしても見つからない時がありました。そんな時には仕方なしに、例の擬装網にくるんで、鉄砲に通して担いでいました。丁度もっこを担ぐようにして。中の患者が、俯きになっていようが、足が曲っていようが、くるんだ時のままお構いなしでした。風呂敷にものを包む時、それが角張ったものだったら風呂敷は角張るし、小さくて重いものだったら伸びてしまうでしょう。擬装網にくるんだ場合も全くそれと同じで、くるんだ網の底の方に板切れみたいなものでも敷いてやっていれば、その板が網のしまるのを支えてもくれたでしょうが、担いでいる私達にしてみれば、一日でも早くそんなもっこ担ぎから解放されたかっただけで、板を敷いてやるなんてことに気を配るような兵隊は一人もいませんでした。だから、そうやって担がれると中の兵隊は風呂敷がしまるようにしめあげられていたんです。膝がひどく曲がったり、耳や口元あたりに網の目がくいこんだりしていました。

鉄砲は、普通に担いでいる時は大変長いものだと思っていましたけれど、もっこの棒の代りに使うには短かすぎるものなんです。鉄砲って人を撃つように作ってあるんで、人を担ぐために作ってあるのではないですからね。それで、その棒の代りに使うのがまた大変ややこしかったんです。はい。裏返しにして担ぐんです。腹の方、引鉄のある側を上の方にするんです。腹の方を下にして担ぐと、銃把のところが曲がっているので、それで銃身が浮きあがって安定しないんです。横にすると槓杆《こうかん》が胸を圧したり、安全装置で首をこすったりして、どうしても裏返しに担ぐようになるんです。それで銃口の方を担いでいる兵隊は照星のすぐ後のところに肩を当てるようにしていました。手では支えてはいるんですけれど、細い銃身が肩に食い入って、それこそ骨が割れるような痛みでした。そうなんですけれど、担架の方が少しは楽だったなんて比較も全く意味のないことでした。担いでいる方も、もうとうの昔に心身の限度を越えて歩いていたんだし、担がれている方も、いずれにしろ、そうなったら二日とは生きていませんでしたから。搬送されるようになった落伍兵は、もう食事もとろうとはしなくなっていました。それで小休止になると、そのたんびに私達は担いでいる担架をそのまま抛り出していました。そうなんです。担がれるようになった患者は力が抜けきっていて、土ノ一でも落ちるように落ちていました。いいえ、死にそうになっている人間ってもの一つ言わないんです。投げ出されたら投げ出されたままで、眼の焦点も合わなくなっていたのか、何処か遠方でも見つめているような塩梅でした。別に何か考えていたのではなかったと思います。皆同じように静かになっていました。失調するまでが煩悩なんです。失調してしまえば大往生だったんですよ。そんなふうで、日に何回も抛り出されたら、生きてる方が不思議な話です。でも、奇妙なことに昼間は殆ど死ななかったような気がします。私達が勝手にそうと思いこんでいたのかも知れません。昼間、そうやって抛り出したりしている時に死なれたら、そりゃ何といっても都合のいいことではなかったわけですから。そうですけれども、やっぱりその殆どは夜になって死んでいたようです。皆泥のように眠りこんでいました。誰一人、誰かが死んだなんて気がつく者はいませんでした。たまたま不寝番が見つけることがあっても、そのためにわざわざ皆を起すようなことはなかったんです。不寝番も眠くてたまらなかったんだし、下番《かばん》のことしか頭になかったんです。たまに余程しぶとい奴が、その死んだ落伍兵の枕探しなんかしていたようです。それで、朝になって、皆が起き出して来てはじめて、昨日までの落伍兵が死んでいるのが分るようなことでした。葬式は、左腕を斬りとって焼いていました。片腕くらいでもなかなか焼けないもので、薪を山のように積みあげていました。焼き終るまで二、三時間はかかっていたような気がします。骨は誰かが持っていた筈ですけれど、それもどうなったのか、後では皆ばらばらになりましたから、全く見当がつかなくなってしまったんです。体は土葬でした。土葬といってもきちんと穴を掘って埋めるんじゃなかったんです。ちょっと掘って、その土をかぶせていただけでした。それで捧銃をして、部隊はまた行軍でした。

ほんとに久しぶりにこんな話をするんです。当時のことを考えてみると、生きのびるあてなんてなかったんだろうと思います。動物的反射行動みたいなものはあったんですけれども、誰でも、何時かは自分が歩けなくなる時が来るって知っていたようでした。担架を担ぐのも、担がれるのも、順番の問題でしかなかったんです。遅いか早いかただそれだけのことだったんです。

はい。今でも、担架を担いで走っている姿を、時々夢に見ることがあるんです。


「ハイフォンで引揚船を待っていたんですけれども、入港が予定より二十日ばかり後れていました。その間毎日ハイフォン港の沿岸荷役にかり出されていました。米の荷役でした。ハイフォンは河港で、河口から数粁も上流にあったんですけれど、一万屯《トン》クラスの貨物船がどんどん入って来ていたんです。ちょっと高いところから眺めると、パイロットボートの汽笛に案内されて、デルタ地帯の水田の上を貨物船のマストや煙突がゆっくり上ったり下ったりするのがよく見えていました。はい。ソンコイ河っていうんです。随分深い河だったんですね。河岸に直接、数千砘から一万砘クラスの船が接岸していたんです。それで河岸がそのまま埠頭にもなっていたんです。なかなか小ざっぱりした港でした。私達が荷役させられていた河岸の少し上流の方に倉庫が列んでいましたけれど、岸壁のすぐ後はもう広い舗装道路になっていました。そうですね、随分広い道路で、二十米くらいの幅はあっただろうと思います。その真中はグリーンベルトになっていて、大きなナツメ椰子の並木が続いていました。船会社のエージェントやトレーディングハウスなどが、植民地ふうの、赤や黄色の屋根を並べていたし、解放されたフランス人の親子が如何にも楽しそうに散歩したりしていましてね、乾いた青い空にはちぎれ雲が二つ三つ浮かんでいたんですから、何かが起るなんて全く思いがけないことだったんです。

そうなんです。あの辺にも雨季と乾季とがあって、その時に従って水位が変るからなんですが、岸壁には階段が作ってあって、水位が低くなった時でも、ちゃんと作業が出来るようになっていました。その階段の下に艀《はしけ》が着けてあったんです。私達の仕事は、その艀に積んであった南京米を、埠頭で待っているトラックに積みこむことだったんです。ところで、あの南京米というやつは百キロ入りの麻袋でしたから、俵とちがって何処にもつかむところがなくて、全く担ぎにくかったんです。腰を曲げて背中に背負うようにして岸壁を這い上るのは、なかなか骨の折れる仕事だったんですけれど、いくら引揚船の入港が後れているからといっても、これまで待たされた上に更に三ヵ月も四ヵ月も後れるなんていうことは考えられなかったし、そんなことで皆可成り陽気にやっていたんです。もうそろそろその日の仕事も終りかけていた頃でした。南京袋も艀の隅に残り少なくなっていたし、帰り支度も始まっていたんです。そんなところへ艀の下流に泊っていた貨物船から、いきなり機関銃を撃ちこまれたんです。二丁でした。革命軍のゲリラが動き始めているという噂があったので或いはそうだったのか、何かと間違えられたのか、日本軍に余程の恨みでもあったのか、結局、帰るまで分らずじまいでしたけれど、あっという間に、五人も死んでしまったんです。犬殺しに捕まった野良犬みたいに、全くあっけなくて。どうして他の者ではなくてあの五人が殺されなければならなかったのかって、その時はまっとうに考えこんでしまいました。それまで、そんなことはいやという程自分の眼で確かめて来ていたのですけれど、帰国する直前だったからか、やはりひどいショックでした。死人の間に居た時は皆死というものにつつましくなっていたんです。俺には納得出来ないなんていうことは、余程思いあがった奴にしか考えられないことだったんです。でも、何だ彼だとやって生きのびて来ると、何時の間にか生き残りの自信みたいなものがはびこって、以前と同じように、死が誰彼の理由なしに突然やって来るということを忘れてしまうんです。だから引揚船に夢中になるような馬鹿な真似をしでかしたりしてしまうんです。船に乗ってからだって、足をすべらさない保証はないし、日本に帰りついてからでも運が悪くなることもあるだろうし、誰かが待っているといくら思ってもそれは何の理由にもならないんですよ。山村も佐野もやはりそんなふうだったんです。

私も仏印に入って十日目頃に入院しました。ドンダンという国境のすぐ南の町でした。入院したといっても極めてお粗末な病院で、フランス人の大きな邸宅を接収して、間に合せにそのように使っていたものなんです。だからその家の間取りに従って、玄関に五人、客間に十五人といった工合でごろ寝していました。勿論、ベッドなんて気の利いたものはなかったんです。床に藁を敷いて、その上に天幕を敷いてそれだけだったんです。そんな藁や天幕がめくれて散らかったりしないようにというためと、窓とは反対の内側の壁から五十センチくらいの幅でとってあった通路との仕切りのため、三寸角くらいの角材が天幕の端を押えるようにして置いてありました。私達は角材の方を頭にして寝ていたんですけれど、後ではその角材の上に、食べ残された飯盒の蓋一ぱいのうすい重湯が一日中そのままになっていることがよくありました。私の病気は大腸炎と、マラリヤでもないのに時々やってくる熱発でした。私達は、もう死ななくて済むといわれた仏印に入ってからも、実によく病気になり、よく死んでいました。ひどい栄養失調になると腸壁の皺がのびて吸収力がなくなってしまうという話を聞いていましたけれど、全くとめどがなくなっていたんです。何を食っても直通してしまっていたんです。胃とか腸とかいう感じではなく、何か古いゴム管みたいなものが入っていて、いつも重たくのびきっているような感じがしていました。入院した時は、それでも、宿営地から三時間余りもトラックに揺られ、不動の姿勢で入院申告するくらいの力は残っていました。それが一週間もしないうちに忽ち重症患者になってしまったんです。薬といっても余程のことがないかぎり、炭と焼糠しかくれませんでした。何のことはない、よけいひどくなるために入院したみたいなものだったんです。三日目頃からはひどい出血でした。真赤な、粘液のような、患者の殆ど皆がそうだったんです。勿論、おやしきのものだけでは間に合う筈がありませんでしたから、裏庭の隅に細長い壕みたいなものが掘ってあって、そこが特設便所になっていました。外側は藁むしろみたいなもので囲いがしてありましたが、壕の上には、四組か五組の板切れが列べて渡してあるだけでした。それで、ひどい出血状態になると、おかしなもので他の患者のものと比べてみたくなるんです。色とか量とか。それでほんの少しの違いらしいものをみつけては安心したり不安になったりするんですが、そんなことには大変都合のいい便所だったわけです。特設便所への期待は、そんな他の患者との比較だけではありませんでした。ついいましがただったのに、今度は少しはうすくなっているだろうと、そのたんびにあわい期待を持って行ってもいたんです。皆そのようでした。でも、無駄な期待だったたんです。結局のところ誰も彼も動けなくなるまで血の色はうすくなりませんでした。そうして動けなくなると、もう血の色なんかどうでもよくなってしまっていました。ついでにお話しますけれど、その特設壕にはそんな比較の話とは別に、ひどく緊張というか、消耗させられてもいたんです。渡してある板がしなってゆれるんです。可成りぶ厚い板だったんですけれども、壕も大型で割と幅があったんです。それで、弱くなった足で板の揺れに調子を合せながら、その真中辺りまでゆっくり進むのは、思ったより楽なことではなかったんです。それからゆっくり腰を落すんですけれど、一ぺんにそうでもしようものなら、揺り落されそうになってしまうんです。ありったけの力を使っていました。だから、用が終って立上がる時は、もうすっかり力が抜けてしまっていたんです。それで、まず一度両膝をついて、それから片膝ずつ立てて立上がるようにしていました。後では這うようにして出入りしていたんです。

そうやって特設壕通いに消耗しきって、長い午後がやって来ていたんです。練兵休のような長い午後が。動けなくなるんです。それでも、看護兵というのは、一応は頼りになるもので、患者が動けなくなるとすぐ分っていたようでした。臭いで分っていたんです。あれは、どこか甘ったるい、蓮畑の蓮の葉っぱの臭いをうすくしたようなものでした。そうなって、看護兵が割と小まめにのぞきに来るようになるんですけれども、それとは逆に私達はあの長い午後の気配にひたりこんで行っていたようでした。その頃から仕切りの角材の上に朝の重湯が置きっぱなしになるようになるんです。日がな一日、横皺のよった自分の爪を飽きもせずに見つづけていることがありました。爪の役割や効用がどうだなんていうんではなく、ただ、他にすることもないので見つづけていたんです。時々、それが自分の肉体の一部であるかどうか、分からなくなることがありました。夜になると家守《やもり》が硝子窓に来ていました。黄色い腹を見せて、あれは一つところにはりついてなかなか動こうとしないやつでしたから、私達には格好の対象だったんです。

動けなくなってからも、薬は相変らず炭と焼糠でしたけれど、食塩注射を週に三回ずつくらいは打ってくれるようになりました。食塩水の塩分は血液の塩分と同じ濃さなんだと、看護兵が言っていたのを覚えています。でも、食塩注射というのは、衰弱するにつれて液の入りが悪くなって来るんです。それがよく分っていたんです。どうかすると、一眠りした後でも食塩水は少しも減らずに残っていることがありました。そうして水腫が始まるんです。水腫は、手の甲とか、足の甲とか、やはり体の端の方から始まっていました。最初にそうだと気がつくのは誰でも手の甲のようでした。もっとも、寝たっきりでしたから、その気になって見なければ、足の甲が浮腫《むく》んでいるとは分らなかったんですけれど。手の甲の、指につながっている筋、あの筋と筋の間のへこみがなくなるんです。女の手のようにふっくらしてくるんです。よくよく注意してみれば指の関節の間も、あの小さな横皺がなくなって来ているんです。それでも、暫くの間は水腫もそう急には広がらず、手や足だけに留まっているし、手の甲みたいなところは、指で圧しても、脛あたりを圧した時のようにはその跡がはっきりつきやすいところではないので、もしかしたら肥ったのではないかなんて、とんでもない思い違いをすることがありました。何もすることがなくて、手をみる癖は以前からあったんですが、浮腫みが来はじめてからは少し意識的に、眼を覚ますとまずそうするようになったようです。浮腫んでいる手を見ながら、それを不安がったような覚えはありません。ただ、浮腫んでる、と思いながら眺めていたようでした。あれはじわりじわりと広がってゆくんです。抜足で、それでいて確実に占領地帯を広げ、その占領した地域は絶対に確保しながら。そうして或る朝、いつものように手の甲を見ようと思って眼を開けようとしても、瞼が糊でくっつけられたみたいに開き難くなっている時が来るんです。そういう時は大抵、隣の患者がそうだって、教えてやっていたようでした。瞼が腫れていたんです。そうして手首が腫れ、腕が腫れ、脛が腫れ、顔がまるくなり、首が太くなって、胸から腹まで腫れあがってしまうんです。よくも腫れたって思うくらい腫れるんです。空気を入れられた蛙みたいになるんです。そうして大抵死んでしまいました。私の隣も随分と入れ替りがありました。大きいのや小さいのや、年寄りや若いのが、次々に死んで、次々に入って来て、また次々に居なくなりました。上村もそうやって死んだんです。

そりゃもう、死ぬのは兵隊ばかりではありませんでした。下士官だって、将校だって皆同じだったんです。その同じやしきの奥の方の室に、若い中尉が一人寝ていましたけれどもそいつも死にました。威張った野郎で、死にかかっていてもやっぱり将校風を吹かしていたんです。私達は、いわばただの兵隊でしたから、誰もが自分は例外的存在であるとは考え難かったんですけれども、あんな奴らは、最後まで自分が死ぬかもしれないなんて、思ってもみなかったのかもしれません。下半身裸で、寸のつまったよれよれの防暑襦袢に、フランス軍から頂戴した赤い腹巻きなんかを巻きつけている、猿のような兵隊にも死なない奴が居るのに、将校である自分がどうして死ぬかって。入院当初は、ひっきりなしに例の特設便所に通っていたものですから、そのたんびに袴下《こした》などをおろすのが厄介で、患者は入院するとすぐ下半身裸になっていたんです。まるで、チャンチャンコを着た猿みたいな姿だったろうと思います。

病院では、水腫がひいたら助かるっていわれていました。水腫がひく時はものすごい小便でした。それで水腫がひきはじめたと分るんですけれど、でも、そんなことは大してあてにはなりませんでした。水腫がひいて、もうお前は心配することはない、なんて看護兵に元気づけられていた患者が、その晩ふっといってしまうことなんかも珍しくありませんでしたから。そんな患者は、節々が馬鹿でっかくとび出していて、秋のカマキリみたいに痩せていました。全く、誰が死に、誰が助かるのか、それこそ誰にも見当がつかなかったんです。いいえ、全然分りませんでした。隣同士くっつくようにして寝ていたんですけれど、そうだと分るようなことはありませんでした。夜昼お構いなしに死んでいたんですから、たまにはこちらが眠っていない時に死んだ者もいる筈なんですけれども。はい。今でもそんなふうに思っています。人間どんなに死にかかっていても、命がある間は、何かしら耳に聞えない音のようなものを出していて、死んだ時それがぷっつり消えるんだろうって。その音の消えるのが分る筈だって。でも、そんなことは全然ありませんでした。全くそのままだったんです。皆、眠っているのか、死んだのか、少しも分らないようにして死んでいました。それくらいの変化でしかないんですよ、死とか生とかいうものは。何かがずっとうすくなり続けていって、それがある程度までうすくなった時が死というもので、一挙に世界が変ってしまうような、そんな極端なものではないんですよ。隣の患者の死を真先に知らせてくれたのは虱《しらみ》でした。死人の血が冷えはじめると、奴らはそれまでの養い親をさっさと捨ててしまうんです。そして生きている患者の方に移動してくるんです。尻の先の方を少しもち上げるような格好をして、虱の大移動でした。別に怖気《おぞけ》だった覚えもありません。腰の周りや腕の内側の柔いところなど、アセモのように虱にくわれたあとが付いていました。虱も、死の気配の中で全くそれらしいところを得ていたんです。とに角、周りは死人ばかりだったし、私自身もお話したような塩梅でしたから、死ぬことが、人間重大のことは少しも思われなくなっていたんです。観念していたのとは少し違うようです。毎日の出血を食塩水で補なっていたんですから、血液もうすくなっていて、ものを恐がる能力がなくなっていたのではないかと思います。何か、恐がるとか恐がらないとかいうのではなく、乾いてしまっていたような感じでした。何週間も枕を列べて寝ていた隣の患者と身の上話めいたことをした覚えもないんです。時間は充分すぎるくらいあったんですから、思い出すことがなかったなんてのではありませんでした。そうなんですけれども、ふっと思い出したりするどれもがひどく淡白になっていたんです。冬眠というのはあんな状態のことをいうんではないでしょうか。実際、よく眠ってもいました。一日の三分の二くらいの時間はそうだったんです。それで、眠っている時と覚めている時のケジメがはっきりしていなくて、いつも何かうすら明るい気配みたいなものが流れているようでした。そんな工合で退屈なんてものは少しも感じなかったたんです。退屈って、もともと自分の時間の回転に比べて、外側の回転がひどくゆっくりしている時に感じるものではないですか。それがこちらの時間は超スローモーションで回っていましたから、たとえ外の時間がストップしても、あの時の状態ではこの二つの時間の差は感じられなかったと思います。それで、その回転がもう一回り遅くなったら、それが死というものだったんでしょうね。とに角、感情生活を維持するための最低サイクルが回らなくなっていて、何も彼も、といってもドンダン臨時病院の極めて限られた範囲内でのことでしかなかったんですけれど、それらの全てが乾いた空洞の中でのように響いていました。

例の焼糠、あれはビタミン剤の替わりに食わされていたんですけれど、多くの患者達はあの焼糠に混じっている少し許りの砕米を長いこと舌の上でざらつかせ、その舌触りを確かめてはしびれていたんです。私達は、時々やって来るアメリカ戦闘機の曳光弾を、私達を殺すための兇弾としてではなく、花火のような綺麗な見せ物として眺めていたんです。

だから、そんな長かった病院生活から遠ざかるにつれて、健康人の生活に近づくにつれて、一度は添寝までした死が、再び、苦々しいものに思われるようになって来たんです。どうして眼鏡の兵隊が死んで、ヒゲ面の兵隊は死ななかったのだろうなどと、本気で考えこんでしまったりするようになったんです。

「捕虜生活中はしょっちゅう収容所を抜け出していました。捕虜といってもそれなりの用事があったんです。

退院した後、ハノイの街なかや郊外をほんの暫くの間転々させられて、最終的に、私達は、ホンゲイから少し南へ下ったところにある、カンファ・メインという小さな炭坑町の坑夫住宅に収容されました。この炭坑町は北と西が山になっていて、南の方の海沿いの街はカンファ・ポートといっていました。カンファ・メインの石炭の積出港だったんです。東の方は水田地帯で時々、広くもないその農道を水牛の群れが走り抜けたりしていました。私達が収容された炭住は、そんな地形の、山寄りの一番奥まったところにあったんです。その炭住は、真中を、外壁と同じ煉瓦で仕切った十畳くらいの広さの、二室からなっていました。建物は全部で百戸ばかり、東西に三列に並んでいたように覚えています。北側の山の麓には、もう誰も来なくなった教会があって、それでも、正午になると鐘が鳴っていました。時報だったんです。南側の街とは小さな広場をはさんで向き合う格好になっていました。それで、その街寄りの側に鉄条網が張ってあったんです。だから、この広場を横切って、鉄条網をくぐらなければ、街に出て行くことは出来なかったんです。

収容所では、日本の船は沈められてしまっていて、南方軍が引揚げてしまうには五年間はかかるだろうという噂が流れていました。私達は、食糧を節約したり、後の山に諸《いも》を植えたり、カンファ・ポートに荷役作業に行ったりして、そのために備えはじめていました。以前、フランス軍から押収した被服類を、移動の時なんかの若干の危険を冒しても隠匿し続けていたのもそのためでした。北部仏印の日本軍捕虜は中国の管理下にあったんですが、中国は自分のお膝元の整理で手一ぱいで、私達のところにはあまりやって来ませんでした。それで、部隊には隠匿被服用の被服庫があったんです。といっても、私達が寝起きするようになった炭住家屋の一軒の、その真中から仕切られた半分をそのために当てていたんです。勿論、窓や出入口は厳重に釘づけされていましたけれど、でも、煉瓦作りの建物によくあるように、その臨時の被服庫にも、十字型に煉瓦を外した通風孔みたいなものがあけてありました。その通風孔は、丁度私の顔の高さくらいのところにあったんです。ちょっと見ただけでは如何にも小さくて全く油断していたんだと思います。ところがその通風孔から可成りのものがひっぱり出せたんです。早くから狙いはつけていたんですけれど、果してうまくゆくかどうか大した期待はもっていなかったんです。

はい。曇っている時とか、月のない晩でなければ出来ないことでした。そんな夜、皆が寝静まった頃を見はからって室をぬけ出していました。広場の街寄りを山際まで、鉄条網の長さは三百米近くあったと思います。その鉄条網沿いに歩哨は動哨でした。それで、逆に歩哨の油断を狙って、いつも広場の真中で腹這いになってその動静をうかがっていました。

さっきも話しましたように、最初は殆ど期待していなかったんです。だから、通風孔から手を差込んで、何か編上靴みたいなものをつかんだ時は、あんまりあっけなくて自分でも驚いた程でした。そして最後までうまくいったんです。ひき出した編上靴は両方の紐を結んで首にかけていました。匍匐《ほふく》前進をしながら物を運ぶには、そうするのが一番いい方法だったからです。広場の幅は四十米近くはあったと思います。はい。随分緊張していました。匍匐の肘に力をいれるたんびに、腕や肩の筋肉がぶるぶる震えていたのを覚えています。それどころか、最初は腰のあたりがすっかりだるくなって、なかなか前へ進めなかったんです。歩哨の靴音に全神経を集中していました。それで、真暗闇の中でそんな神経を集中して辺りをうかがっていると、変なもので自分で自分の顔が見えるような気がしてくるんです。何しろ体中が熱っぽくなっていました。そんなことも後では少し慣れたんですが、それでも、山際へ向かって行く歩哨を、広場の真中で何度もやり過さなければならないことがありました。歩哨さえかわしてしまえば後は楽だったんです。鉄条網をくぐってしまえば、すぐ小さな民家がひしめいていましたし、向う側では殆ど私達のことを警戒していませんでしたから。とはいっても、最初は全く勝手が分らなくて随分まごついたものでした。一軒一軒そっと戸口を叩いていったんですけれど、そんな時間ではもう殆ど寝てしまっているんです。私にしてみれば、あんまり遅くなって同室の連中に気づかれはしないだろうかと心配になるし、折角うまい工合に持ち出したものをまた持って帰るなんて全く馬鹿げた話だし、十何軒目かにやっと起きている家を見つけた時は、いささか焦り気味で、編上靴なんかもう捨ててしまおうなどと思いはじめていたんです。戸を開けてくれたのは中年の女でした。といっても、うす暗がりの中で、そんなにはっきり年齢の見当がついたわけではなかったんです。女は、そんな時間にやって来た日本兵に、驚いた様子も見せませんでした。半開きにした戸口からすぐ中へ入れてくれたんです。家の中はがらんとしていて、それこそ何も見当りませんでした。リンゴ箱みたいなものを台にして板が並べてあって、その上にアンペラが敷いてあったんですが、そこが寝るところだったんです。畳二枚分くらいの広さで、眼につくものといったらただそれだけでした。あとは土間と壁だけでした。私は黙って立っていました。女も黙っていました。もっとも、何か話をしようとしても、全然言葉が分らなかったんですから、そうしているよりほかに仕方もなかったんです。向きあったまま暫くして靴を差し出すと、女は相変わらず無表情で、アンペラの台になっているリンゴ箱の中から、煉瓦大の黒砂糖を一コ持って来ました。ついその直前までは、それらしい家を探しあぐねて、捨ててしまおうかなんて思いはじめていたんですけれど、流石に黒砂糖一コとは、あんまり馬鹿らしくて、催促するような顔つきで黙っていました。女は豆板三枚を追加しました。それで手を打ったんです。いくらねばっても、もうそれ以上何も出そうになかったし、鉄条網をくぐって来たとはいえ、もともとただの物ではあったんですから。それ以来軍靴一足の値段は黒砂糖一コと豆板三枚ということになってしまいました。でも、捕虜生活では黒砂糖なんか滅多に拝めるものではなかったんです。その後、その家はいつ行っても、目印に灯りが少し外へ洩れるようになっていました。待っていたんです。そりゃ、悪くない商売だった筈ですよ。そのうち、私の方では例の通風孔から腕を入れていくらかき回しても、手の届くところには何もないようになってしまいました。それで、道具を作って、三十センチばかりの棒の先に太い針金をつけて鈎を作ったんです。毛布がかかったんです。女も喜びました。その時はじめて笑ったんです。煙草をすすめてくれました。私も手真似でしきりにお茶をくれとやったんですが、はじめはなかなか分らず、女は首をかしげながら何度か私の手真似を繰返してみたりしていました。そして分った途端、にっと笑って何だか酸味のある強い匂いのお茶を沸してくれました。二十本入り煙草十コと黒砂糖二コが毛布の値段でした。その日、女は鉄条網のところまで送って来てくれたんです。その次に行った時、それまでは少し間があったんですけれど、はじめての時からリンゴ箱にもたれるようにしてしゃがみこんでいた年寄りは居ませんでした。女はアンペラの上に胡坐をかくようにして坐っていました。何か口のところにあかいものを塗っていたんです。口紅ではなかったようでした。木の実のような橙色をしていました。一瞬息をのむ思いがしたんです。それで、その時あらためて、対手が女であることに気がついたんです。うす暗いカンテラの灯りに、茶色の顔が光って見えました。別嬪という程の女ではなかったんですけれど、何かすっかり混乱してしまって、壁を伝うようにしてアンペラのところまで行ったんです。その間も女は始終笑っていました。私の方はどうしようもなくて、毛布をアンペラの上に投げ出したんです。女は、いつものようにすぐ黒砂糖を出そうとはしないで、相変わらず私の方を見ては笑っていたんです。入隊以来一年近く、消耗のかぎりの行軍と病院生活で、女のことなんか思ってもみなかったんですから、私は何だか震えていたようでした。いやに喉がかわいたりして、もしも思い違いで声でも立てられたらなどと、なかなかふんぎりがつかなかったんですが、かといってそんなにゆっくり出来る身分でもなかったわけですから、それでもう一度、毛布を女の方に押しやる真似をして、やっと女の手に触ったんです。女は手をひこうとはしませんでした。あんまり緊張していたせいか、かえって拍子抜けした感じでした。女は最初からそのつもりだったんだと思います。カンテラを消すと油の臭いが鼻をついたことを覚えています。

帰りにはやっぱり鉄条網のところまで送って来てくれました。煙草も砂糖もそれまでどおりでした

女は分らなくなったんです。その後何回目かに訪ねていった時、女の家には灯がついていませんでした。開け放されたままの戸口から、中は真暗で何も見えませんでした。女は殺されていたのかもしれません。私は戸口のところから引返したんです。女がどうなったのか、私には分りようもないことだったし、分ってもどうすることも出来ないことだったんです。中に入って何か確かめてみようという気にはなりませんでした。ただひどく悲しかったことだけを覚えています。

「どんなふうにいったらいいんですか。秋の午後、日当りの良い室なんかでぼんやりしているような時、机の上の灰皿やインク壺が、弱くなった日射しに、かえってくっきりとその影を落しているのに気づくことがあるでしょう。あれと同じなんですよ。私達にも、例えば老衰だとか、長い病気だとか、烈しい消耗の後だとかに、やっぱりあんな鮮かな午後がやって来ることがあるものなんです。

行軍のことは以前にもお話したと思います。もう終りのなくなった道を、餓鬼みたいにして歩いていたという話。あれが、今考えてみると広西の半ばを過ぎる頃から夜行軍になっていたんです。空襲もひどくなったし、昼間の暑さが堪えられないようにもなっていたからなんです。夜行軍というのは、午後の六時に出発して十時まで前夜行軍、十時から午前一時まで大休止、後夜行軍が一時から明け方の五時まで、そんな計算で歩いていました。大休止の間は眠るんです。それで、昼間も必要な若干の作業の時間を除いて、大体は寝るようになっていました。ですから睡眠時間はそれなりにあった筈なんですけれど、昼間、明るいところではどうしても眠りが浅くて、その夜行軍の間、よく眠りながら歩いたんです。いいえ、眠ったままそんなに長いこと続けて歩けるものではありません。ほんとに眠ったら、膝ががっくり折れるんです。それで眼を覚ますんです。半睡状態で、眠りこんでいない全神経を足の裏に集中して、はね返ってくる土の固さを確かめながら歩いていました。ひっきりなしに通過した車や馬や兵隊に踏み固められて、仏印ルートは石のように固かったんです。それで、道の外へそれそうになって、端の方の柔かくなったところを踏むと大体分っていたんです。

夜行軍になってアメリカ軍の戦闘機からは解放されたんですが、ちょいちょい地上軍の夜襲を受けるようになりました。そんな夜襲を私達は眠ってやり過していたんです。射撃姿勢のまま眠っていました。偶《たま》に死人が出たり、怪我人が出たりすることがありました。

こんなふうにして、眠りこけて、暗闇の中を足さぐりしながら、私達は仏印に辿りついたんです。国境は橋でした。守備隊に大きな声で誰何されて、国境だということが分ったんですけれども、あの辺りは可成りいりくんでいたようで、もう一度中国側に出たように思っています。それとも寝呆けていたのかもしれません。それで、私の記憶で二度目に国境を越えた時、その時もやはり橋を渡ったような気がするんです。その橋の道が夜目にも白々と浮いていて、可成り長い橋でした。遮断機があったような記憶はありません。国境だというのに、その第二の橋では、私達は中国側のたもとに二人の立哨を見ただけでした。それで、その橋をベトナムの女達の長い列が、非常に速い足どりで私達と同じ方向に渡っていたんです。勿論その女達がベトナム人だとすぐ分ったわけではありませんでした。長い間、兵隊以外の人間の姿なんて見たことがなかったので、私達を追い越してゆく一団を、変な部隊があるものだ、くらいにしか思っていなかったんです。今でもはっきり覚えていますけれども、全く突然、女達が喋っているのに気がついたんです。やっぱり驚いていたのだろうと思います。それこそ片言隻句も分らないベトナム言葉に聴耳を立てていましたから。そんな、女達の会話が分ったような気持ちになっていたんではないかと思います。人間の声って、やっぱり人を感動させるところがあるものなんです。そんなふうにして女達の姿に慣れると、女達は籠を担いでいたんです。天秤がしなって如何にも重そうな籠でしたけれど、私はその中身は魚だとすぐ思いこんでいました。国境を越えた時のそんなはやとちりは、何も私だけではなかったように思います。

「いつかお話しましたドンダンの病院には一ヵ月くらい居ました。炭と焼糠のおかげで、それでもあのまっ赤な出血はおさまっていました。血を捨てるような衰弱は終っていたんです。ですけれど、殆ど眠ってばかりいたといっても、重湯しか食っていなかったんですから、衰弱は確実に続いていたんです。ドンダンの病院を出たのは、五十人ばかりの重症患者と一緒にハノイの病院に移されたからなんです。ドンダンからハノイまで何時間くらいかかったのか全然覚えていません。担架ごと貨車に積みこまれました。一車輛に七〜八人だったと思います。貨車の床にはほんの申し訳程度の藁しか敷いてありませんでしたから、汽車が揺れると床ずれがその固い床にあたって、ひどく痛かったことを覚えています。空襲を受けて、途中、一度長い間停車していたことがあります。線路わきに避難させられてぼんやりしていた時、看護兵が脈をみてくれました。手首のところを何度も何度も探りなおして、最後には瞼までひっくりかえして見たんです。余程弱い脈だったらしくて、首をひねりながら、カンフルを二本も続けて打ってくれました。あれは樟脳みたいな臭いのするものなんです。私にも、カンフルを二本も打たれるということがどんなことであるかくらいは分っていたんですけれども、そんな事態が一向にピンとは来なかったんです。看護兵にしてみれば、それは看護兵流の親切な死の予告だったのかもしれません。それで、それまでだって、自分で自分の脈を探ってみたことはなかったし、看護兵の親切さに、どう返事のしようもなくて、それらしい愛想笑いをしてみせただけでした。

ハノイ駅に着いた時はすごいスコールでした。プラットホームがざわついていて、三〜四人の患者が死んだような気配がありました。駅では、手順よく待っていた病院車にすぐつみこまれたんですが、病院までの途中、二〜三度スコールに叩かれて車の屋根が激しく鳴ったのを覚えています。病院のポーチのところで下ろされた時は、スコールはすっかりやんでいました。雨の後の絹のように光った真青な空が広がっていました。

フレーム・ツリーという木を御存じですか。名前のとおり、ほんとに燃えあがっているような木なんです。色は濃いピンクでしたから、焔の色とは少し違っていたのですけれど、若葉がそうだったんです。大きな葉で、それが数米もの高さの梢で、地底の火を噴き上げるようにして茂っているんです。下枝の方に残っている葉は、普通の木の葉の緑色をしていました。そのために梢が一層燃え上がっているように見えたんです。ポーチから病院の門の方に向かって、二百米ばかりの間、道の両側はこのフレーム・ツリーの並木になっていました。それで、その梢の間をスコールの後の真青な空が流れていたんです。私達は、うちひしがれたようになっていました。病院車から下されて、移動の疲労とそんな圧倒的な見物《みもの》の中で、私達は静まりかえっていたんです。

「病院側の受入れ準備が後れていたのか、それとも、患者名簿にでも手違いがあったからか、私達はそんなポーチのところで一時間以上も待たされていました。それで、その一時間ばかりの間に、移動で特に疲労した患者に、私もそうだったんですが、看護婦が、ハノイにはさすがに看護婦がいたんです。食塩注射を打ってくれました。私達にしてみれば、食塩水が減ろうと減るまいと、もうどうでもいいことだったんですけれど、食塩水がアンプルの中できらきら光っていたのを覚えています。一緒に運ばれて来た大部分の者が、ハノイの病院に着いて三日くらいの間に、移動の消耗から死にました。空になったベッドの白いシーツが風に光るような時があったんです。長い行軍もそうでした。そして、ドンダンからハノイへかけての病院生活も、私にとっては、行軍とはまた違った意味で真空実験室みたいなところだったんです。

回復期に入ったのは、それから一月半くらいしてからのことでした。

ハノイの病院には、私達のような辛苦の移動部隊の兵隊ばかりでなく、近くの駐屯部隊の兵隊達も入院して来ていました。痩せさらばえた私達に比べると、それらの兵隊は脂ぎっていて圧倒されるような感じでした。彼らは入院して来たその日から、もう、何処其処の中国料理はうまいとか、何とかいう名前の、今ふうに言えば喫茶店の女は別嬪だとか、そんなことばかり、日がな一日喋っていました。病院生活が余程退屈だったようなんです。彼らは大抵一週間くらいで退院していたようです。ところが私達の方では、随分長いこと、娑婆の食いものにも、女のにおいにも縁がなかったものですから、退院したら何をしようとか、何を食おうとかということが、少しも現実味をもった欲望にはならなかったんです。だから、ということばかりでもないんでしょうが、私達にはちっとも、はやく癒りたいというような焦燥感はありませんでした。回復の速度が遅くても少しも構わなかったんです。というより、上げ潮が少しずつ高まって来るように、私にも、血の温みが少しずつ増して来るその日その日で充分だったんです。その、ほんの少しずつ広がって来る爽かさを、日がな一日しゃぶりまわしているだけで充分だったんです。

はじめて歩いたのは隣のベッドまででした。隣の患者というのが、もう、一人で便所にも行ける程度になっていたんですが、そいつが、自分のところまで来れたら、煙草を喫わしてやろうなどとからかい始めたんです。はい、私の病状の移り変りをそいつはちゃんと見てたんですよ。私も、前々から一歩でもいいから歩けるかどうか試してみたい気持ちはありました。それに、言われてみて煙草を喫ってみようかという好奇心も動いたんです。煙草一本分のニコチンに自分の体力が堪えられるかどうか、それで若し、回復出来ないようになるんだったら、その時はもう如何にも仕方のないことだし、また、ニコチンという毒を、何でもなくこなしきれるようだったら、それだけ回復が確実になっていることだし、自分の回復程度を検証するための、それはちょっとした冒険という、そんな気持ちで隣のベッドへ向かっての出発が始まったんです。ハノイの病院は、フランス軍が使っていたものを接収したものでしたから、なかなか贅沢なもので、一つ一つのベッドに一つ一つの蚊帳がついていたんです。それはベッドの四隅に立てられた鉄の棒で支えるようになっていました。私は、まず私のベッドの、頭の方の鉄棒につかまって、出来るだけ体を伸ばして対手の方の鉄棒につかまってみたんです。でも、そのやり方は脚が開きすぎて駄目でした。残った脚を引き寄せる力がなかったんです。どうにも身動きとれなくなってそのまま転げてしまいました。だから次には、鉄棒なんかにつかまったりしない替りに、出来るだけ歩幅を小さくして、対手のベッドに倒れこむようにして歩き出したんです。膝の関節辺りに重みが集中して、全く骨の力で体を支えている感じがしたことを覚えています。それで、何とか隣のベッドへ渡ったんです。第一の冒険に成功した以上、第二のそれに対しても可成り自信が持てました。重症患者で、煙草はまだ許可になっていませんでしたので、第二の冒険の決行は消燈時間を待たなければなりませんでした。いいえ、そうではなかったんです。大変細心にもなっていたんです。隣のベッドまで往復したのだから。その間の消耗をとり返さなければならないと思っていたんです。ほんの少しの抵抗力の不足が抜き差しならぬ事態にならないように気を配っていたんです。だから、消燈になってもすぐには喫おうとはしませんでした。腕を上げてみたり、首をもたげてみたりして、出発開始前に比べて、体力が幾らかでも弱っていないかどうかじっくり確かめてみたりしたんです。勿論、幾らか弱っていたとしても、それがそうと分る筈はありませんでした。でも、気持ちの上での準備には充分なったんです。ひどい眩いがしました。はじめて喫った時のように、喉の奥にいつまでもヤニの臭いが残っていました。それで、とうとう退院するまで二度と煙草は喫う気にはならなかったんです。

そうして、ベッド三台分が歩けるようになり、二十米くらいの病室の幅を往復出来るようになり、一段一段と階段が上れるようになっていったんです。敗戦を知った時も、病院長のそれらしい訓辞なんかより、階段登攀を一段でものばす方が、当時の私にとってはもっと大きな関心事だったんです。屋上をきわめた時は激しいスコールにびしょ濡れになったままでした。そうやってハノイの病院の後半は回復期の爽かさの中で過ぎたんです。


「帰って来たのは敗戦の翌年の五月でした。あれから三十年近くもなって、どうして今頃戦争の話なんかする気になったのか、年をとって身辺の整理をしたくなったということもあるんですけれど、はっきりそうだというような理由はないんです。それは決して他言してはいけないことでもあったし、全くどうでもいいことでもあったし、まさしく糺弾されるべきことでもあったんです。その後の三十年はそんなふうに経過して来ています。

ハノイを退院した後、ホンゲイ近くの入江で、移動中のジャンクから飛込みをやって溺れそうになったことがあるんです。疲れてしまって、ジャンクに上れなくなったんです。それも回復期の一つの冒険ではあったんですけれど、今振返ってみれば、その時一つの時機を失くしたような気がしてならないんです。

そんなふうに三十年を、早すぎたり遅すぎたりしてきました。それで、やっぱりそんなチグハグが大して気にもならない年齢になって、今更仕方もないあの頃のことを、どんな感じで喋れるのか、少しはそんな興味も手伝って、お話してみる気になったのではないかとも思っています。それとはなしに、何度目かの時機が来ているのかもしれません。」

青瓦の家

田舎のことからでも話してみたいと思います。

私の故郷は熊本の田舎です。今では変り果てていますが、私が小さかった頃、それは、往還道沿いの、如何にもそうらしい田舎町でした。その話はおいおいします。

小学地図流には、島原半島と天草に抱えこまれた内海を、宇土半島という、さして大きくもない山がちの半島が、有明海と不知火海に、ちょうど半々に仕切るように突き出していて、私の町は、その半島の不知火海側の基部のあたりにあります。鉄道図で説明しますと、熊本から、鹿児島本線を南へ大よそ二十粁、駅の数では三つ目の、松橋《まつばせ》というところがそうです。

戦争から帰って来た時のことでした。敗戦の翌年の五月頃だったと覚えています。駅に着いたのは朝の早い時間で、駅の界隈にも人影はなく、通りに面した我が家の表戸もまだ閉まっていました。私は、何と言って戸を叩こうかと思って、ふと、表戸に向かって立ったままでいました。すると間もなしに、奥の方から駆け出して来る下駄の音が聞こえてきて、表戸が開けられたのでした。女達が、母や姉や兄嫁が、重なり合うようにして飛び出して来ていました。通りに面した家では、何も我が家だけのことではなかったのでしょうが、女達は、駅に着く汽車の時間を知っていて、それで一番列車の時間になると、もう、通りの足音に耳をすまして待っていたのでした。家の前で足音がとまるのと同時に、母親達はとび起きてきたのでした。戦地に行っていた兄弟は四人とも、まだ誰も帰って来てはいませんでした。

「いまだったかい」

母はそういうと、さすがに後は言葉が続きませんでした。姉も兄嫁も、母の後で黙って立っていました。

中庭の方に回ると、祖母も縁側まで起き出して来て迎えてくれました。縁側の柱に手をやって、心もち体を支えるような、それは懐しの祖母の姿でした。

ところがだったのです。

「何だお前だったのか」

祖母は私の顔を見ると、何か当ての外れたらしい気持ちを遠慮なしにそう言ったのでした。

そしてすぐに、汚れていた軍服も下着も、その場で皆脱ぎ捨てるように言い足したのでした。

祖母は、実は長兄の帰りを待ちのぞんでいたのです。それは同じように、兄の帰りを待ちわびている兄嫁の気持ちを慮ってなどというのではなくて、祖母はただただ、家の総領の帰りを待っていたのでした。

祖母は昔と同じように肥っていました。首から肩にかけてまるまるとしていて、私はすぐ〝瀉血〟のことを思い出していました。私がまだ小さかった頃、血圧が上がると、祖母はよく、蛭に血を吸わせていたのです。医者をしていた甥の言葉をそのままに、

「瀉血」

と言っては、私に蛭を持って来るよう言いつけていました。祖母は金魚鉢に蛭を飼っていました。その蛭を肩口から腕の付け根のところまで並べて置いてやったり、血を吸って丸くなった蛭を除ってやったりするのが私の役目でした。

「あぁ楽になった」

蛭の瀉血が終ると、いつも祖母は、気持ちよさそうに首を左右に振っては、その効果を如実に確かめていました。

それに、柱に手を当てた祖母の姿を見ていると、それはほんとに懐しいものでした。思い出

がひとりでに湧き出してくるようでした。

祖母には時々、ローマ字で宛名を記した小包みが届いていました。ロスアンゼルスに居る、弟の市来さんからのもので、中身は大抵、季節の衣類とか——時にはひどく派手なアッパッパふうのワンピースがあったりして祖母を嬉しがらせました——バッグや小物類でしたが、その他に、小包みには、必らずキャンディの箱が入っていました。しかしそれは、すぐには私達の口には入りませんでした。祖母は、そのキャンディを、少しずつしか出してくれなかったのです。瀉血やアンマの駄賃とか、何かの手伝いの代償とか、或いは、ひどく機嫌がよかったりした時なんかに、祖母は、勿体ぶって懐からそのキャンディを出してくれました。キャンディが続いているかぎり、祖母は、特に私なんかには絶対的な支配力を持っていました。勿論、祖母はそのことを知っていました。だから祖母は、決してキャンディの在りかを覚られるようなヘマはやりませんでした。

私は、祖母がお寺参りなどで出掛けている時、祖母の居間やそれらしい場所を隈なく探すことがありましたが、キャンディの箱はついに見つけ出すことは出来ませんでした。

「見つかったかい」

外から帰って来ると、祖母は、キャンディ探しを諦めて、縁側で遊んでいる私のそばにやって来ては、やはり、その、柱に手を当てるような格好をして、さも面白そうにそう尋ねるのでした。

「何ばな」

私も、とぼけてみせる以外にテはありませんでした。

一番末の孫ということもあって、祖母と私の間柄というのは、いわばそんなふうな感じのものだったのです。

それだけに、私は、そんな孫の無事の帰りを迎える、祖母の冷淡な言葉が咄嗟には不審でした。しかし、母にたしなめられている祖母の姿を見ていると、祖母は、もうとっくに八十歳を超えていました、そろそろことの脈絡が分らなくなっても不思議ではない年だったのです。祖母には、家督を守るべき総領が、理由《わけ》もなく、何時までも家を空けているのは、あってはならないことだったのです。祖母は、どうやら昔日の幻影に生き始めようとしていたのでした。

すでに家運は傾いていましたが、それでも私が五〜六歳の頃までは、家はまだ、醤油や味噌の醸造業を続けていました。家は町でも旧家の一つだったのです。そして、松橋という町は、蛭子町、港町、浜町、などという町内の名称からもうかがえるように、かつては、不知火海沿岸近隣地域との商業交易に栄えた町です。海からは四粁ばかり陸地に遡った、往時の典型的川港の一つです。川は大野川と呼ばれていて、その支流の岸が、松橋の商家の町並みになっていました。

川と町の様子を、もう少し詳しく説明しておきます。

この大野川の支流は、町の北寄りの浅い山つきに始まって、町の本通りを横切り、後で説明することになるはずですが、我が家の石垣の下あたりまでは、全くの自然の小流に過ぎません。ところがこの小流は、その我が家の石垣の外れあたりで様相を一変させてしまうのです。そのあたりから、川は突然潮のにおいを漂わせ始めます。もしエンノージと呼ばれている川中島がなかったら、一帯はちょっとした潮溜まりになっていたかもしれないと思えるような、そんな変りようなのです。簡単に言ってしまいますと、そこには、かつてかなりの川港が作られていたということです。大野川支流の小流が横切る本通り・浜町通りのその裏通り筋の石垣が、上げ潮の頭を押えるように、川下に向かって一直線に立ちはだかり、川港には、片や、上流から、蛭子町、港町、間にエンノージ島を挟んで、対面は、旧不知火村高良と、夫々にその船着場が作られていました。そして、川港の川は、港町の川下寄りの外れのところで、東北の山地に始まって、旧松橋町と新地の間を下って来る本流と合して、更に干拓水田の間を縫って不知火海へと至っています。かつての大野川川港の簡単な見取図を書いてみれば、以上のような次第にもなりますが、再度我が家の方のことにかえりますと――。

家は、浜町の表通りから、先程話しました大野川支流の小流に沿って裏通りの船着場まで、川岸に石垣を築いて、母屋、土蔵作りの倉、モロミの貯蔵棟、離れ、といったふうに並んでいました。そして、表通りを挟んで向かい側にも、私達はただ、クラと呼んでいましたが、味噌や醤油の大きな醸造場がありました。中には十石も二十石も入りそうなモロミの大樽が、ただ表口と裏口からだけの薄明かりの中に、おどろおどろしく並んでいて、その奥に、大きな井戸と石張りの井戸端と、大豆や、搾った醤油を煮る地獄の釜のような大釜がありました。祖母が時々〝ドストル〟と言っていたのを覚えています。ロストルのことです。大釜は石炭を焚くようになっていました。当時としては珍しいことだったので、多分、その釜を築く時覚えた言葉なのだろうと思います。

ほかに十坪ばかりの麹室と、フネと呼ばれていたモロミの圧搾槽がありました。

私が小学校に上がって暫くして、家は醤油の醸造業をやめることになります。そのいくらかの事情については、またお話しする機会もあると思いますが、そんなことで醤油作りの様子は、私の記憶には切れぎれにしか残っていません。

麹の粉が埃のようにたち罩《こ》めている室《むろ》の出口で、マスクをかけた、姉さんかぶりの母親達が、忙しそうにモロブタの麹をかき落していた姿などがぽつんと浮かんできます。そして、モロミ樽の縁を、足の親指と次の指の間で挟むようにして立って、その先に二十糎角くらいの板きれをつけた竹竿で、器用に中のモロミを掻き混ぜていた男衆の姿や、醤油を煮ていた大釜の、カッとするように熱かった場面などを覚えています。

要するに、眼に見えて印象の強かった光景だけが残っていて、どんなふうにして麹をねかせ、どうやってモロミを仕込むかなど、きちんとした手順については殆ど記憶がありません。いずれにしろ醤油作りのことについては、兄達に聞けば、もっと詳しく分ることとは思いますが、作り方の話はそれとして、そうして醸成され、二斗樽や四斗樽に詰められた醤油は、先程の、母屋の裏の船着場から、満潮の潮に乗って川を下り、更には不知火海を渡って、天草や島原あたりまで運ばれていたのだそうです。

祖母達は松合《まつあい》というところの出身です。松合は、宇土半島の、内陸からの干拓水田をまだ斜かいに望む、不知火海に面した漁師と商家の町で、松橋とは、旧不知火村を挟んで十粁足らずのところにあります。祖母達がその松合から出て来たのは、明治も二十年頃のことだったと聞いていますが、当時すでに松合では、祖母達の一族は、何軒かの味噌醤油の醸造業を営んでいます。祖母の話によれば、その頃には下関にはもう商品取引所らしいものが開かれていて、盛んに俵物取引きが行なわれていたということです。一族でかかえていた、伊吉さんとかいう健脚の男衆が、その取引所の様子を見るために、月に二度くらいは、松合と下関の間を往復していたといいます。ちょっと信じられない話のような気もしますが、しかし考えてみれば、当時はまだ鉄道も開通していませんでしたし、沿岸航路にも勿論発動機船が就航しているはずもありませんでした。電信の施設にしてもそうです。となると、情報収集には依然として飛脚まがいの方法しかなかったでしょうし、帆掛船が唯一つの大量運搬の手段だったのですから、松合のような、山から海へなだれ落ちているような半島の町でも、情報の適当な運びテと船がかりさえよければ、それなりに商業の町として成立ち得たわけですし、川港としての松橋も、今の私達の想像をはるかに越えて繁栄していただろうということが出来そうです。交易圏も、不知火海沿岸一円から、島原、長崎と、更に外海までも及ぼうとしていたようですし、もう一方の背後地としては、船便には関係ありませんでしたが、南側に広がる干拓水田地帯から、東の方の山脈近くまでがそうだったといいます。

祖母達が、松橋の川沿いに、新しい醤油の醸造業を始めるのも、一帯のそのような気運に乗ってのことだったのです。川沿いの石垣の上に、表通りの母屋から、船着場の上の離れまで、土蔵作りの白壁が連なる様は、家に関わりのある誰にとっても、まして祖母には晴れがましいものだったに違いありません。家内を切り回していた、甲斐々々しい若女房の姿が、目の前に浮かんで来るような気がします。

「なんのそげなことのあろうかい。そりゃ年とったけんたい。これでん若か時分にゃ、よか女《おなご》て言われよったつ――」

孫に悪態をつかれて、祖母は時々ムキになって言い返していることがありました。

そんな一家の盛運にカゲリが見え始めるのは、明治も末になってからのことです。明治の末頃、鹿児島本線が八代まで開通して、大野川の下流に鉄橋が架けられたのでした。

「――あぁそげんたい。あすこの永代橋の下んところに鉄橋の出来てから、松橋はさびれ始めたったい。船ん帆柱の鉄橋につかえてしもうて、あれから上さにゃ上って来れんごつなったと。そうだろうがな。あの頃ん船てな、皆帆掛けだけんどげんもならんごつなって――。あぁ、あん鉄橋の出来てから、松橋は一ぺんに変ってしもうたったい――」

祖母がそう言い、母も繰返し言い続けて来た松橋凋落のいわれです。しかし、鉄橋といい帆柱といい、如何にもそうらしい松橋凋落のいわれは、よくよく考えてみれば、たくまずしてことよせられた、一家衰運の言訳のような気もしてきます。

鉄道が松橋まで延びて来た時、松橋が、その鉄道の終点駅として、それまでの川港としての繁栄以上の賑わいを見せただろうことは想像に難くありません。しかし、その終点駅としての繁栄が――例えば、馬車屋や回船屋などをはじめとする運送業や倉庫業、或いは、宿屋、めし屋などのサービス業など、更には、それらの周辺の商売や町の金回りの按配などと合わせて――鹿児島本線の、以南への開通によって大きな打撃を受けただろうことも容易に推察出来ます。しかし、もう一つ考えてみれば、鉄橋に帆柱がつかえたからといって、醤油の需要が激減したわけではありません。また、鉄橋の下をくぐる算段、たとえば帆柱を寝かすというような仕掛けが――川に入ると帆掛船でも、棹と潮の干満に従って上り下りするものです――それらの船に全く出来なかったのでもないらしいことと合わせて、家運は、松橋の運命と全く無関係ではなかったにしても、鉄道開通直後、直ちに傾き始めたということでもなかったように思われます。時期からすればもう少し後のことになりますが、家運衰退の最大の理由は、祖母は祖父に先立たれ、母は父に先立たれるという、重ねがさねの家族の不運にあったのだと思います。

醤油は、モロミを仕込んでからでも、二～三年は寝かしておかなければ、搾れないものだと聞いています。その間の、いうならば原料代や人件費などの金繰りをつけ、狭くはない商圏一円の得意先をひきとめておくことは、一族以外の同業者もぼちぼち出始めていたことと合わせて、女手にとっては、そうそう容易しいことではなかったようです。

まだほんとに小さかった頃、私は、母親に連れられて、二〜三十粁も離れた山地の町や、もっと南の川沿いの町に行ったことを覚えています。それが何のためであったか、確かなことは分りませんが、今振り返ってみると、多分、得意先との取引き上の話合いのためだったろうことは容易に想像出来ます。男どもが残していった一家の屋台は、やはり、女手には余るものだったように思えてなりません。

とはいいながら、祖母は、川岸の白壁の家の初代女房として、母はその家つき娘――父は一族内からではありましたが養子でした――として、たとえ女手に余る経営と分っていても、今流にいえば、突っぱり抜かなければならない周囲の事情というものもあったでしょうし、また容易く商売替えの出来るような時代でもありませんでした。

「鉄橋の出来てから、松橋はさびれ始めたったい――」

半ばは真実であるとしても、聞きようでは、それは、後家スジ一家の精一ぱいの負け惜しみのようにも聞こえてきます。

夫々の理由はそれとして、鉄道の以南への開通の後、結局は我が家も、町と一緒に、或いはその後を追うようにして、衰退の道を辿ったということです。

中学に入って間もない頃、長いことほったらかしてあった向かいのクラが解かれました。サラ地にして貸し地にしたのです。大きな建物だっただけに、解体作業は暫く続いていました。祖母はその間、一度も解体の有様を見ようとはしませんでした。私は、そんな祖母の気持ちを推し量るより、解体屋が、瓦を剥がしてはその瓦を滑り落としてみせる手並みの鮮やかさに、暫し見惚れていたことを思い出します。

祖母の一代はそうして終ったのでした。

「なんだ、お前だったのか」

しかし戦争が終ると、さっき紹介しましたように、祖母は、一家の総領息子の、一刻も早い帰りを待つようになったのでした。戦争は、母親にとっては、四人の息子を次々に戦地へと連れ去った地獄の時間でした。しかし祖母にとっては、個々の商家の営みを、若干の例外は別として、等しなみに逼塞息状態に追いこんでいった、全くの真空時間だったのかもしれません。戦争が激しくなるにつれて、いよいよ、祖母には、自分が若後家で残されたことも、娘婿にさえ先立たれたことも、向かいのクラが解かれたことも、全く何も彼もなくなっていったのかもしれません。祖母は、かつての大野川の川岸に、その白壁の見事さを誇った、一家の全盛時代に帰ろうとしているようでした。

「そうたい、裏の船着き場ん石垣も汚れたままになっとるとだろう、掃除ばさせとかにゃ――」

祖母は明かに、幻の一家に生き始めていたのでした。

戦争のことを知っている人でしたら、何度も聞かれたことがあるはずですけれど、切断された腕の、もう何処にもなくなったその指先が疼くということ、私も何人の人からか聞いたことがあります。たとえて言えばそんな感じなのです。突然、田舎の家や祖母のことなどを話し始めたのも、何を失くして何が疼くのか、はっきりそれだとは言えないのですけれど、或いは気のせいだけのことで、そんなものは何もないのかもしれませんけれど、特にこの頃、何かしらそんな感じにつきまとわれているような気がしているのです。

母親が死んでから六年になります。先日、久し振りに墓参りに帰りました。誰が植えたのかは知りませんが、この前来た時まではなかった彼岸花が、墓のまわりに丁度真盛りでした。彼岸花は、見ようでは決して気味のいい花ではありません。汁を甜めると吃りになると、子供の頃から聞かされていたからかもしれません。でも、一面に咲き誇っていたお蔭で、何も色めのものがなかった淋しい墓がぱっと明るくなった感じでした。ゆっくりしていけそうないい墓の感じでした。祖母達がそうだったように、それ程恵まれた生涯だったとはいえませんでしたが、そこには、母も、帰るべきところに帰れたのだという安らぎがありました。

私はふと、東京で死んだ従姉のことを思い出していました。身近な者の都合が悪くて、私が喪主替りのようなことをつとめたのですけれど、重油バーナーで灼かれた従姉の骨は、見るも無残なものになっていました。従姉はインテリアデザイナーみたいな仕事をやっていて、いろいろと派手な暮し向きだっただけに、一層そうでした。何を語りかけようにも、それはもう、ただの石灰のかけらでしかありませんでした。

〝石灰のかけらには帰る所があったのだろうか〟

母の骨を拾う時も、それは同じように、かさかさと乾いた音を立てて崩れていました。しかし、早鳴きの蝉の声が聞こえていた裏山の火葬場で、私は従姉の時のように狼狽することはありませんでした。

息をひきとろうとして、母は、すぐ枕許で覗きこんでいた叔母に、

「別ればい」

と、かすかに言ったそうです。

それは、生きるだけ生きた者の言葉のようでもありましたし、いずれまた会えるから、とい

うふうにも聞こえてきます。何時どんなふうにして会えるかも、母には分っていたのかもしれません。

私は何とはなしに、自分の帰るあてが気になっていました。従姉の顔と母の顔が代る代るに浮かんできては消えました。彼岸花の花明かりの中で、私は身動き出来ない感じでした。ふと、墓に向かって呟きだそうとしたりして、私はやはり、花の気配にさそわれていたのかもしれません。

どれだけの時間が経ったのか分りませんでした。でも、高くなった空に風のような気配が動くと、思いは再び母のことにかえり、私は、安らいだ気持ちで花明かりの墓地を出たのでした。

墓地での和んだ気持ちが尾を曳いていたのかもしれません。私は急に、昔の友達を訪ねる気になっていました。その友達の名は丑之助といいます。

話がまた川のことになりそうですから、大野川の本流と支流の合流点あたりの様子を、もう一度説明しておきます。今度は下流の方からしてみます。

大野川は、鹿児島本線の鉄橋のすぐ上テで二股に分れます。一方が支流で、支流は先に紹介しました港町スジに沿って、蛭子町・浜町へと遡り、本流は、その支流と東へ殆ど直角状をなして、旧松橋町を迂回するように、新地水田地帯を縫って上流に達しています。港町の川岸通りが、真直ぐに本流を川向こうの旧豊川村へと渡る橋が永代橋で、丑之助の家は、その橋のすぐ上テにありました。港町通りの方から案内しますと、港町も、この永代橋近くになるともう下町で、小さな倉庫や馬車屋、長屋などが並んでいて、丑之助の家は、更にその下町の港町も終った、本流の方の堤防道の傍にありました。鰻の仲買いをやっていたのです。

丑之助とは、最後に会ってから、もう三十年の以上にもなります。その時、丑之助は、駅前の胡散臭いめし屋で酔いつぶれていました。アルコールを割ったような酒を四～五本も空けていて、倒れた徳利の間に頭をつっ込むようにして眠っていました。丑之助は、たまたまヤミで儲けたアブク銭をそこではたいていたのです。どう叩き起こしても起きそうにない丑之助を、私は堤防道の家まで担いで帰りました。丑之助とは、会えるとすればその時以来のことになります。

港町スジにも、見覚えのある家は、もう何軒とは残っていませんでした。それらの家も、余程注意してみなければ思い出せないくらい古ぼけていて、ただ川岸の榎だけが、何十年もの間、大して変りもせず点々と残っていました。

そこも、家は無くなっていましたが、同級生の子がいた雑貨屋の、店の前の大きな榎は残っていました。盆が近くなると、その榎の下で、雑貨屋は孟宗竹を切り出して来て、墓の花立てを作っていました。切り出してきたばかりの孟宗竹は、鋸の歯に従って、真横にも斜かいにも、遅くも速くも、挽き手の思うように切れます。切り落とされて、はじめて日の目に曝される竹の内側は、少し赤身を帯びたクリーム色の、はっとするような光沢があって、かすかに甘い匂いを漂わせます。花立て作りが始まると、雑貨屋の榎の下にはそんな一抹の涼しさがありました。雑貨屋が竹を切っている間、そこには必らず、何人かの子供の姿がありました。私も丑之助もそうでした。まだ暑い盛りの頃のことで、港町は川泳ぎに行く子供達で賑わっていました。

そして、芝居小屋、カキ氷屋の跡と、私はその都度、思い出の色を濃くしながら、それでも急ぎ足になって、港町スジを通り過ぎていました。そして気がつくと、大野川本流の堤防の方へは曲がらず、そのまま真直ぐ永代橋の橋の上まで来ていたのでした。多分、丑之助の家のことで、何かしら心の準備らしいことをしておきたかったからだろうと思います。現実には、橋の上からでも、丑之助の家は眼と鼻のところにあります。しかし、いきなり堤防道に曲がって、出会い頭に、廃れた家の前にでも出たら――、私は、何かそんなふうにも気を回していたのではないかと思います。

ところが、その堤防道の目当ての場所には、昔の、舟板をぶっつけて作ったような、懐しの小さな家はなくなっていて、代りに、青瓦葺きの立派な家が建てられていました。その上、家の上テの方の石垣には、格好のいい松が二〜三本も這わせてあったり、昔の堤防道には、モチの木や楓が植えられていて、これまた立派な庭が出来ていたのでした。しかし、大野川の流れの中には、鰻籠を漬けてあった、棒杭作りの檻のような囲いも、流れの水をその囲いに向けて集めていた石並びも、家のすぐ前の石垣からの道板も無くなっていました。

私は見当がつきかねていました。子供の頃の生活に照らして、私の記憶には世をすねたふうの丑之助はあっても、家を新築するような丑之助はありませんでした。だからといって、大野川とその直ぐ裏側の灌漑用水路に挟まれた窮屈な斜面に、わざわざ床上げしてまで家を建てる者が、丑之助以外にあるとも思えませんでした。いずれにしても、私には少し勝手の違う話になります。私は、確かめるのを躊躇うように、橋の上を行ったり来たりしながら、川の様子を眺めていました。

私は突然、豊川側の櫨の木が一本残らず伐られてしまっているのに気がつきました。堤防はすっかり裸にされて、橋の上からは、新地の方へひどく見通しがよくなっていました。櫨の木はまだ鬱陶しいくらい葉を茂らせている頃のはずです。川が少し明るくなっているような気がしたのは、そのせいだったのかもしれません。しかし、川つき自体は、橋の上流も下流も、流れは少し浅くなって、岸寄りには泥が増えてはいましたが、鰻籠の囲いのことを除けば、昔とそんなに違っているふうはありませんでした。爪の赤い田打蟹も昔のまま、自分の穴のそばで、何も脅かされるものがなかったのか、甲羅の泥を白く乾かしてじっとしていました。セメントで作った橋の欄干のざらざらした手触りがありました。橋は、私達が小さかった頃ももう古びていて、それは全く同じ手触りでした。潮が満ちてくると、私達はその欄干の上から、飽きもせず繰り返し繰り返し飛び込んでいたのでした。小さい子供達は足の方から飛び込みます。しかし、小学校も四～五年になると、もうすっかり格好をつけて頭の方から飛びこむのです。

「わぁ、ムシャのよか」

見物人からそんな一声でも掛かろうものなら、私達はもう夢中でした。川の底石で、顎から胸にかけて、大きな引っ掻き傷を作ったのも、そうやって調子に乗って飛び込んだ時のことでした。

そうです。いろんな思い出が、音を立てて吹き出してくるようでした。橋まで来たのは、丑之助を担いで来た時以来のことですから、もう三十年の以上も前のことになります。私は、青瓦の家を確かめるのは最後のことにしようと思いました。いずれにしても戸惑いそうでしたし、吹き出してくる思い出に身を委ねている方が、気持ちがよさそうだったからでもあります。

実際、このあたりは、鉄橋の下流のカキ打ち小屋から、上流へは、永代橋から一粁ばかり上流にある槍《やり》の柄橋あたりまで、それは全く、丑之助と私の縄張りだったのです。

水が温む頃になると、二人の姿は早々と川の中にありました。私達は、カキ打ち小屋の下から槍の柄橋の近辺まで、流れの深浅は勿論のこと、水の底に沈んでいる石の形から大きさまで、全て知りつくしていました。大まかに区別けしてみますと、永代橋から上流はサグリに適していて、下流は掬い網の漁場になっていました。

サグリというのは、文字どおり、手で探って、石の下などにひそんでいる魚を捕まえるやり方のことです。川ハゼや川エビ——たしかダグマエビと呼んでいました——は、崩れかかった石垣の間や、水の中の石のくぼみなどにひそんでいます。たとえば水の中の場合だと——。といって、私達は、手当たり次第にどんな石でも探っていたのではありません。そうそう空っぽの石を探るのは、地回りとして沽券に関わることでしたし、それに魚の棲みかを荒してしまうことになります。潮の工合とか、前に探った時の様子とかが、一応の参考状況ということではありますが、結局、そこに魚がいるかいないかを判断する最後の決めテはやはりカンです。そのカンにかけて、丑之助と私は誰にもヒケをとりませんでした。という次第で、カンに従って狙いの石を定めると、私達はまず、対手に気づかれないように、そっと流れの下の方から、くだんの石に近づいていました。勿論、その石のくぼみの方向《むき》も大きさも分っています。石に近づき一息呼吸を整えると、石を底の方から、抱えるようにしてほんの少し持ち上げます。そして、それからが一番際どい技術を必要とするところですが、同時に手をずらすようにして、その下にかくれている魚を捕まえるのです。それはスリルに満ちた瞬間です。掌に余るようなハゼを押えた時なんか、それは必死の格闘になります。石を腕で支えながら、掌か指先の何処かで、魚の頭を押えきらなければなりません。魚は、特にハゼなんかは、頭の方が大きくなっていますから、頭を抜けられたらもうお終いです。全身を、それこそ電気でも走るように顫わして、掌一ぱいに、かすかな痺れのあとを残して逃られてしまいます。そんな按配で、このサグリというのは、魚のとり方としては決してはかのゆくやり方ではなかったのですけれど、ほかの方法では、ちょっと味わいようのないスリルに満ちたものでした。それは魚とりというより、魚遊びと言った方が、余程適切な感じのするものでした。

一方、下流のカキ打ち小屋のあたりでは、潮が退いても海へ帰れなかった底魚の類いを、三角網《たび》という網で掬っていました。三角網というのは、いうならばまことに原始的な網で、簡単に説明しますと、物干竿に使う竹の細目のもので、一辺が一米〜一・五米くらいの三角形を作り、その竹の三角形に網を結えつけた、ただそれだけのものです。潮が退いて浅くなった流れを、下流から上流に向かって、その三角網を押して歩くのです。底辺になっている竿が、川底の石や異物から網を守り、頂点で組み合わされた竹竿は、更に三十センチばかり打っ違えに延びていて、その延びている部分が柄になっているという次第です。潮の退くのを待ちかねるようにして、私は、そんな馬鹿々々しい網を押して歩いたのでした。それで結構、平目とか靴底とか、たまには渡り蟹などまで獲れることがあったのです。

しかし、魚獲はそうであっても、三角網にはやはり大きなヒケ目がありました。それは投網という、いうもはるかな高級品があったからです。投網を打つには人に批評されるだけの技術が要ります。そうです。左肘を張って腰をひねって——。少しでもタイミングがずれると網は開きません。丑之助の家は川端の家でしたから、当然のことながら本物の投網がありました。

丑之助は、例えば小潮の時など、潮が上げ始めると早目に川の中に入っていて、人影に敏感なボラなどが上がって来ても、自分のことを全く気付かれないよう気を配っていたのでした。丑之助はそうやって魚の波紋が近づくのを待って、その上にかぶせるような網を打っていたのでした。小さな体を振り回すようにして、高々と抛り上げられた投網は魚紋の真上に落ちていました。丑之助の網には、大人達も一目置くほどのものがあったようです。

私は、そんな丑之助が羨しくて仕方がありませんでした。投網と三角網ではそのように格が違い過ぎます。しかし、いくら頼んでみても、母は、頑として投網を買ってくれようとはしませんでした。

「子供の遊び道具じゃなか」

ほかにもっと現実的な理由もあったのでしょうが、そうして、投網に関するかぎり、私は、どうしても丑之助の下風に立たなければなりませんでした。私は、時々網を貸してもらうことで我慢しなければならなかったのです。

しかし、投網の嘆きはそうでしたが、大野川の魚とりの話には、最後の極めつけがありました。投網の我慢が出来たのも、多分、そのせいだろうと思っています。私と丑之助は、その魚とりのことを、ひそかに〝仕事〟と呼んでいましたが、それは大野川の流れを、川幅半分堰きとめてしまうやり方でした。

仕事は二日がかりでした。魚のひそんでいそうな場所は前々から分っていて、夏の初めから、私達も気持ちを制して、そこだけは手をつけないようにしていましたし、ほかの子供達にも、一切手を出させるようなことはありませんでした。そこは槍の柄橋の直ぐ下で、岸の石垣が崩れて、流れの中ほどまで落ちこんできているところでした。深さは膝の下までくらいでしたが、私達は、その石垣の崩れたところを川幅半分堰きとめて、そうして囲いこんだ魚を、そっくり浚えとってしまっていたのです。私達は、その前の日から、丑之助の家の川舟で石を運んで来て、流れを二つに分けるような石積みを作り、同じように、石垣の崩れ落ちているところの上流と下流を、石小積みで堰きとめていました。潮の合間での仕事でしたから、二〜三人の友達に手伝ってもらっても、それくらいが一日精一ぱいのところでした。そうして次の日、潮が退き始めるとすぐ、私達は、前の日に作った石小積みの上から川岸の泥をかぶせて、囲いの中へ外の水が入って来ないよう塗りつぶしていました。囲みがきちんと出来上がったら、中の水をバケツで汲み出すのです。水が少なくなると、鯉や鮒の背中が見えてきます。それでも私達は、魚獲は最後の楽しみにしておこうと、水が無くなるまでひたすら汲み出し続けていました。石の間から、鰻の尻尾だとか、よくよく見るとダグマエビの爪とかヒゲとかが覗けてきます。そして川底一面に、ちょっと前までは、泥水に背ビレのあとを曳いて泳いでいた鯉や鮒が腹を横にして弾ね始めます。そうなると、それまで押えに押えていた興奮が一ぺんに爆発して、泥をはね飛ばしながらそれらの魚の摑みどりが始まるのです。丑之助も私もほかの子供達も、泥だらけになったお互いの顔を、ひやかしからかう暇もありませんでした。日頃は人通りの少ない槍の柄橋でしたが、その日だけは、橋の下の騒ぎに見物人の顔が並びました。私達は時々、魚で一ぱいになったバケツを持ち上げてみせては、それらの見物人に、魚獲の素晴しさをひけらかしたものでした。

私達の一夏一度の大仕事でした。

それでも、よくよく考えて見ると、このクリダシ――私達はこのやり方のことをそう呼んでいました――は、そんな魚獲物の種類や量の多さもさることながら、その仕掛けの大きさこそが一番の自慢の種だったような気がしています。一夏中、私達は、そこを聖域として、何処の誰にも手を出させるようなことはありませんでしたし、何よりも、川の流れの半分を堰きとめてしまうなんて、ちょっとそこいらの子供達の考え及ぶことではありませんでした。クリダシに参加するには、丑之助か私の機嫌をとり結ぶ必要がありました。そして、クリダシへの参加は、大野川で遊ぶ子供達の歴とした格づけになっていました。それは、〝大野川一家〟の序列の明示であり、私と丑之助にとっては、大野川の地回りは、私達以外には誰も居ないという、極めつけのデモンストレーションだったのです。

そうして、この極めつけのクリダシが終ると、大野川の夏もそろそろ幕引きでした。

ふと、潮が満ちてくる気配がありました。小さな泡がはじけるような微かな音が、あたり一面に広がっているようでした。私は、それが田打蟹の呟きであることがすぐ分りました。大野川の田打蟹は、海岸の潮招きと違って、爪を上下させる代りに、ふつふつと口を動かして潮の満ちてくるのを知らせていました。見れば確かに、永代橋の下から鉄橋の方へと曲がる流れがよどんでいました。そこまで潮が来ていたのです。やがて泡《あぶく》や木屑や紙屑を先立てて上げ潮がその姿を現します。退き潮で海へ流れ出たゴミが、再び押し上げられて戻ってくるのです。そうして、そのゴミの先陣が通り過ぎると、川はもう流れを逆にしたような勢で、潮が上流に向かって走り始めます。海の瀬戸ほどのことはありませんが、それはびっくりするような眺めでした。

田打蟹やムツゴローの穴が、次々に潮の下にかくれていって、それから小一時間、橋のすぐ下テの、小高くなった中州も、岸の泥も、すっかり潮の下になって見えなくなります。川は満々たる潮を湛えて動かなくなります。大潮の時の大野川の姿です。

「そらぁなんと言うてん、この辺の女《おなご》となちっとばっかりわけが違うばい。白粉こそ塗っとるばってん、やっぱりありゃあ、地から手入れが違うとると。

ほれ、あすこん芝居小屋んあれ、何ていうたかい。うん、ヤス子。あんヤス子ば見てみい、ほんなこつ黒かろうが。そるから氷屋ん娘ん子も、ヤス子と張り合うごつしとるもんね。ああ、あげなつはおらんと。女郎がすすけとっちゃあ客はつかんけん。

そん上たい。何て言うたらよかろうかいね、お前共《どん》にゃまだ分らんてな思うばってん、気分がねぇ、そらぁよか匂いばさせとるとだけん、ほら、店に入るだろうが、そうすると、入ってすぐんところが、女郎共《あっどん》が控えん場になっとるとたい。そるで大概の家が、女の五～六人な客待ちばしとるもん。派手な着物ばひらひらさせてから、白粉の匂いか女の匂いか分らんごつある匂いばわぁっさせとるとたい。そるでこっちもまぁ、最初《はな》からそのつもりで来とるとじゃあるばってん、一ぺんにハズミがつくと。

あぁ、こっちの方から、誰とかそれとか言わんかぎりゃあ、あれ達ゃ順番のごつあったね。そげなふうで話が決まると、二階の女ん部屋さん上る。うん、女ん部屋は二階にあったったい。そるで女ん方が先ぃ立って梯子段ば上がるもん、どげんなるて思うかい。鼻ん先ぃぱって女の尻のくるだろうが、女はそるこそ見せびらかすごつして尻ば振る。わざとてにゃ分っとるばってん、やっぱこう、ふわっとしとってから、ヤス子共が黒かごつある尻とにゃえらい違いたい。お前共にゃまだ分らんこつかもしれんばってんね――」

そう言いながらも、煙草に火をつけると、船長はすぐまた続きを話し始めました。

「うん、やっぱ分らんてね。そらぁまだ仕様んなかこつたい。ばってん、よかけん聞いときない。

ああ、うんね、初めからそげんしたふうじゃなかつ。女ん尻の品定めばしてみたり、値段の駆引きばしてみたり、いろいろこまごました手数の面白うなるとは、そるこそ何べんでん通うた後のことたい。そりゃあよう塗り上げとるとのおってから、ちょいとぼやってしとると、大概なババーばつかまされたりするこつのあるとだけん。

誰でん同じかこつばってん、初めのうちゃあ、頭に血の上ってしもうてかぁってなっとるだろうが、女の面も何もよう分りゃせんと。第一ここら辺の女部屋とな格が違うとるとたい。この辺じゃほれ、エンノージの向かい側んところに、昔の長屋の跡はあるばってん、今やっとるとは、大野橋に一軒と、駅前ん四つ角んところにもう一軒、ぽつんとしてあるばかりだろ、そらぁ比べもんにはならんて。あすこは、通りの両側がずらっとそげんした家になっとるとだけん。女郎屋町になっとるとたい。そるで女共もようかしこ居ってから、こっちはもうきょろきょろするばっかりで、どれがよか女だろ、何も眼に入りゃせんと。ほんなこつもう、かぁってなってしもうとったね、初めてん時にゃ——。

誰でんそげんあったて言わす。ほんなこて、何がどげんなったつか訊くちゃ分らんだったて——。

ああ、気がついた時にゃもう女の部屋だったたて按配たい。そるでゼニゃ最初からとられとるし、女にゃ頭からナメられとるし、もう向うさんの思うごつたい。ほいほいやられて、何ばしたつだろうかて思うた時にゃ、もう終っとったつ。

そるでばい、女んやつぁ煙草盆どん引寄せて、言うこつが――

『あら、もう終ったつな、えらい早かな』て、

ほんなこて馬鹿された話たい。

うん、ばってんが、何時まで経ってんそげんしたふうじゃなかった。五へんも六ぺんも行きよるうちにゃ、白粉の上からでん、大概の年格好も分るごつなるし、顔ん作りも見ゆるごつなる。ああ、そげんなると、今度はこっちが、一軒々々ひやかしながらの品定めたい。どげん女でんおるばい。太めんとでん細めんとでん、ふとか口ば無理してすぼめてみせるとでんね――。

うんそげんたい。あらぁ何時のこつだったたかいね。出会い頭てふうだった。家ん中ば覗きよったところが、煙草ん煙ば、鼻ん穴からぷーって二本、トロッコのレールのごつして吹き出しよるとのおったもん。ああ、女のたい。俺ぁはってしてから。そるで今度はじっと見とったら、また二本吹き出したもん。それが勢のよかったい。うん、急におかしゅうなって、げらげら笑い出したら、

『何ば笑いよるとか』て、

『笑いよる暇んあるならさっさと上がらんか』て、にこってもせんで言われたこつのあったたい」

船長は、なめらかに、もう自信たっぷりの話し振りでした。

「うん、ばってんそれも一っ時たい、ひやかしたり、悪態つかれたりして面白かつも。そげんだろうが、何べんも行きよるうちにゃ、向うもこっちの顔ば覚ゆるし、こっちも女の顔ば覚えてくるとたい。そらぁ畜生じゃなか、人間のこつだけん、顔でん気立てでん一人々々違うだろうが。好かんともおるし、よかねて思うとも出てくるとたい。そうすると、よかねて思う方さん足の向くとも自然たいね。もうほかの女にゃ見向きもせんごとなる。当てにして行ってみて、居らんだったりするとがっかりしてから――。

ああ、俺にもそげんした女の出来たつ。

うんね、別嬪ていうほどのこつはなかつばってん、ちっとばかりむぞらしかつのね。気立てのよかったい。初めてん時からだった。うん、あるがたい、あるが終ると必らずのごつうどんばとってくれよった。揚げの入っとるとの、それがうもうしてから。そげんとがきっかけだったつだろうね、ほかの女にゃだんだん眼の移らんごつなって。お前共も聞いたこつのあろうもん、ナジミて、そんナジミていうこつになったつたい」

船長は、私達にもっと話が聞きたいか尋ねました。

私達には、女の体のこととか、女郎屋町の気分のことなど、ほんとのことはまだ何も分っていませんでした。しかしそんなふうな話はほかでも聞いていましたし、それに好奇心はといえばもうはっきりしていて、私達はしきりに話の続きをせがんだのでした。

「ナジミになると、そらあ違うもんばい。知り合いの船長に、今度は何日に行くけんて頼うどくと、ほかの客はことわってでん待っとってくれると。あん女はほんなこて気立てのよかて思うね。商売上手ていうこつばかりじゃなか。そげんばい、うどんのこつもそげんばってん、帰る時にゃ必らずのごつ送って来てくれてから。

うんね、大抵な女は、蒲団の中から顔も出しゃせん。

『すんならね、下駄箱はウメコて書いてあるとだけん』て、そるで終いたい。

ああ、あん時ゃがっくりするもんね。下駄箱から自分の履物ばごそごそ引き出してから――。ばってん、あらぁ、潮ん按配で朝早う出る時でん、ちゃんと港まで送って来て、船《こやつ》が見えんごつなるまで見送っとるとだけん。

うんね、ナジミて、娑婆でいう惚れたハレたとなちっとばかり違うごつある。そりゃお互い気に入っちゃおるとばってん、商売てなこつもあるし。そうだろうもん、惚れた女が他所ん男と寝とるなんて、娑婆ん話じゃまっとうにゃ考えられんこつだろうが。ばってん女郎屋じゃ仕《し》様《よ》んなかもんね——。やっぱなんかい、いろいろ訳が分っとるていうこつだろうかいね。

ああ女ね、女は生まれたつは何処だったか、何処か、福岡ん山の方て言いよった。そって女郎の話て、大抵が似たようなもんたいね。そげんたい、女郎になる事情が似とるけんだろうばってん、あん女も、借金のカタに、初めは博多の何とかいうところさん行ったってたい。そしたら、博多は家からそげん遠はなかけん、何かというちゃ親がゼニばせびりに来る、慣れんこつで病気はする、借金な減るどころかふとなるばかりで、そるで今のところさんクラガエして来たつてたい。うん」

船長は、私達が囁き交わしているのが、何か気になっていたようでした。

「何てね、はっきり言うてみない——。騙されてからてね。

なんば馬鹿んこつ。何も分っちゃおらんくせして、生意気いうとじゃなかよ。考えてもみい、どれくらいの借金と思うとるとか。そりゃぁ、こん船ば売ってしまやぁどげんかなるかもしれん。ばってん、そんならそれから先ゃあ、俺でん女でんどげんしてメシば食うか。そげんだろうが。ああ、俺もよかナジミにゃなっとると、出来るこつなら身請けもしてやろうごつある。そるばってん、たかだか発動機船の船長のごつあるとにゃ、船でん売らんことにゃどうかなる借金じゃなかったい。せいぜいが、ちっとばかりでん気の利いた土産物ばて思うくらいが関の山だろうが。

そげんこつじゃなかったい。女共でん、やっぱ話の一っちょも聞いてもらえりゃ、ちっとは気の休まるこつもあるとたい。女郎《あれ》達ぁ何時またクラガエていうこつになるか分らんと。ああ、またまた悪か病気にでん罹ろうもんなら、それこそ借金の山たい。そげんなりゃまた、何処か、町の名は忘れたばってん、関西あたりのひどか淫売屋に売られて、そらぁもう地獄てなばい。見張りつきで客ばとらさるるて話だけん、そるも座蒲団でたい。そげんなりゃ、病気もへったくれもあったもんじゃなかて。泣こうが喚こうがもうどうなるもんじゃなか。死ぬまで足ぁ抜けんごつなるとたい――」

話が急にしんみりしてきて、船長は、気がひけたように、発動機の様子を見ると言って、機関室の方に下りて行きました。私達も、発動機船の屋根の上で、かんかん照りに照らされていて、それが丁度潮時でした。潮の退き始めたハガマの底めがけて、頭から飛びこんでいったのでした。

ハガマの底というのは、永代橋の直ぐ下テに当たって、大野川の流れでは一番深くなっているところです。満潮時には、大人の背丈と比べても倍くらいの深さになります。自然に出来た深みではなくて、多分人工のものだったと思いますが、昔の帆掛船に替わって、帆柱のつかえる心配のない発動機船が、再び大野川を上って来るようになっていたのでした。それで、そのハガマの底が停泊所になっていたのです。

勿論、以前みたいな活気が戻って来たというのではありません。発動機船は、石炭とか薪とか、大豆粕の板とかを運んで来ては、肥料なんかを積んで帰っていたのです。前の日の早い潮に乗ってやって来て、荷役が終ると、大抵、次の日の二度目の潮で帰っていました。

船長というのは、その発動機船の船長のことだったのです。二十歳とちょっとばかりの、体のがっしりした青年でした。私達はその船長が好きでした。発動機船は大抵、月に四回ばかり、出来るだけ大潮を利用するようにして、川を上って来ていました。私達は、いつも指折り数えて、大潮の始まりを待ったものでした。女郎屋の話は、多分島原あたりのことだったろうと思いますが、船長は、そうやって、やって来ては、私達の知らない他所の土地の話をしてくれていたのです。

見上げるように大きな外国船の入ってくる港のこととか、煙突が何本も何本も並んでいる工場町のこととか、私達は、船長の話を聞いてはじめて、松橋以外の土地の、生き生きした姿を知ることが出来たのでした。

私は、船長が話していた島原の女の人に会ってみたいと思うことがありました。船長の話の一部始終は分りませんでしたけれど、それでも子供なりに、何か艶めかしさみたいな感じは分りかけていましたし、またそれなりに、船を見送っている女の人の姿など想像出来たからだろうと思います。

しかし、そう思っているうち、何時のことでしたか、船長に、島原まで一緒に行かないかと誘われて、私はひどく慌てたことがありました。何か言い訳にもならない支離滅裂なことを口走って、船長の誘いをことわったのでした。

いろいろ理由はあったのだろうと思います。単純には、不意を衝かれて慌てたということもあったでしょうし、島原が全く知らない土地であるということもありました。また女の人が自分の想像と違っていたら困る、という気持ちもあったのだと思います。しかし、誘いをことわった一番の理由は、それらのこと以上に、女の人が恐くなったからだったような気がします。根拠のないことではありませんでした。

というのは、川岸の我が家の向こう側の港町に、魚政という、魚屋と小料理屋を兼ねたような店がありましたが、そこのオカミさんが、実はマッシマから請け出されて来た人だったのです。

「魚政んオカミさんな美人《よかおなご》ばってん、髪の毛はばさばさになっとらすとて、よう見りゃ、あん頭はカモジてなこつだが」

魚政がオカミさんを連れて来た当座、ぱっと町に広まった噂でした。

髪がばさばさになっているというのは、現実にどんな扱いを受けたらそんなにまでなるのか、いまでも工合よく嚥みこめていることではありません。しかし、囁くようにして伝えられるその語感のすさまじさには、子供心に、地獄絵の亡者達の姿を思い画かせるような衝迫力がありました。

船長に、島原に連れて行ってやろうかと誘われた時、私は急に、その〝髪がばさばさ〟になっている魚政のオカミさんの顔が見えたように思ったのでした。そしてそのオカミさんの顔に、船長の女の人の顔が重なったのでした。

「うんね、俺ぁ行かん、おっ母さんのよかてな言わっさんもん」

それは、日頃の私の言動とは似ても似つかぬ言い訳でした。

艶めかしさみたいな感じよりも、港で船を見送っている後姿よりも、しかもあんなに会ってみたいと思ったことがあったのに、私はその女の人が恐くなったのでした。

島原行きをことわった時の慌て方を、いま振り返って整理してみれば、大体以上のようなことだったと思いますが、もう一つついでのことですから、気になっていることを話しておきたいと思います。

話が古いことなので、場面が前後したりするのは御容赦願います。

気になっているのは、ひょっとしたら、島原行きを恐がったその中身に関わっていることかもしれません。

話は、その永代橋時代から数年後の、中学の、まだ上級学年にまではなっていなかった頃のことだったと思います。私は、東京の大学に行っている先輩に誘われて、熊本の盛り場の〝大地〟というバーに——今でもその名を覚えているのです——連れて行ってもらったことがあります。勿論私は、そんな誘いを受けるだけのことはあって、年に似合わずませて不良じみていて、勉学にいそしむだけの真面目な生徒ではありませんでしたから、ことが露顕して停学を食らう心配よりも、禁断の誘惑に強く惹かれたのに違いありません。誘われた時、私は、殆ど躊躇いを覚えなかったような気がしています。きれぎれの記憶をつなぎ合わせると、それは大体次のようなことになります。

そこに辿り着くまでの気持ちの昂ぶりや、街の様子は何一つとして覚えていなくて、それはいきなり店に入るところから始まっています。

バーは、扉を開けると眩しいくらい明るくて、今思ってみれば、入口の横テのところから、すぐカウンターになっていました。そしてそのカウンターの中では、三〜四人の着飾った女達が、人待ち顔にトランプをめくったり、煙草の輪を作ったりしていたのでした。さすがに私は立ちすくんでいたようです。先輩は、前々から店に来ていたみたいで、ドアーを押すと同時に、女達は親しそうに声をかけて寄って来ましたが、後にくっつくようにして立っている私の姿を認めると、ひどくびっくりしたようでした。ナリだけは大きくても、一眼で子供だと分ったのです。先輩と女達は、何か小声で話をしていました。多分、子供なんか連れて来てもらっては困る、というようなことではなかったかと思います。話が終ると、先輩は、私に、学校の制服を脱ぐように言いました。そして、自分の学生服の下に着ているワイシャツを私に着せたのでした。

「誰が来ても後ろを向くな」

体が大きかったから、後から見るかぎり、私は、そこら辺の青年と大して変りありませんでした。

そうして一騒ぎが終ると、女達にとって、私はやはり珍しいお客だったようで、彼女達は、替わるがわる私の方に近づいて来て、カウンター越しに顔を覗きこむようにしては、その彼女達の珍客の年齢を聞いたり、学校のことを聞いたり、果てはカウンターから身を乗り出して、肩口を押さえるようにして触ったり、顎の先を弾いたりしてはしゃいでいました。

私は全く動顚していたようでした。

少しスジ道たてて思い出してみますと、飲まされた酒の強さもさることながら、私は、女達の綺麗さに驚いていたのではないかと思います。女達は得体の知れない、いい匂いをさせていました。眼のふちは隈をとり、唇を塗って、それは到底、私の周りでは見られない美しさでした。マニキュアの指を見たのも初めてのことでした。

私は、覚えて間もない煙草に噎せかえりながら、膝の上に置いていた帽子を、くしゃくしゃになるまで握りつぶしていたのでした。

〝何という綺麗な女達がいることか〟

私はひどく酔っぱらったようでした。

〝ひょっとしたら、あの船長が言っていた、垢ぬけのした、いい匂いをさせる女達というのは、こんな女達のことではなかったのだろうか。でもあれは、女郎屋の話だったような気もするし
――〟

私は、どんなふうに酒を飲み、どのようにしてその店を出たのか全く覚えていません。

そうしてその後も何度か、私は、熊本へ出るたび毎に、その〝大地〟の前まで行ったのでした。しかしさすがに、一人では扉を押して中へ入ることは出来ませんでした。勿論、そんなお金を持ち合わせている筈もありませんでしたが、そんなことより、私は、扉の内側では、何かとめどもないものが果てしなく流れていて、中に入れば、自分ももう、否応なしにその薄暗い流れに流されてしまうという、まだ、期待というにはあまりにも程遠い、不安そのものに捕えられていたのだろうと思います。

ところで、〝大地〟のドアーを前にして立ちすくんだ、そのとめどない流れという感じは一体何だったのでしょうか。

船長に島原行きを誘われて恐くなったのは、バサバサの髪をした女達を見たと思ったからでした。しかし同時に、子供ながらに、私は、自分達と、マッシマや〝島原〟の女達との、世界の違いみたいなものを感じとっていたように思われます。〝大地〟の前で私を立ち止まらせた不安も、多分、大人の世界を垣間みた子供の驚きというだけではなくて、島原行きをたじろいだ時と同じような、まだ、それとはっきり分ってはいませんでしたが、世界の違いだったような気がするのです。

事情を少し説明してみます。

私達は、丑之助にしろ私にしろ、いくらかニュアンスの違いはありましたが、いずれ、松橋を出て行かなければならない身であることを知っていました。

以前にも紹介しましたように、松橋は、川港としての時代が終ると、急速にさびれてしまいます。私達が子供だった頃も、松橋がかつて取引きの町として殷賑《いんしん》を極めたという面影は、わずかに浜町の商家の構えや、港町の石垣の組み方にしのばれるだけでした。

また、眼の前の町勢報告ふうの姿としては、町外れの国道沿いに、傾きかかった製糸工場が一つあるだけで、人をひきつけひきとめておくような、どんな産業も、役所の出先機関らしいものもなくて、松橋はただ、東の山地の方への、古くからの往還道にへばりついて生きのびている、何の変哲もない田舎町でした。

小学校の卒業式の校長先生の訓辞に、

「――社会の荒波に船出してゆくあなた達――」

という言葉がありました。高等科を卒業する生徒達への、稀には、義務教育であった六年間の尋常科を卒えて出て行く子供達への餞けの言葉でした。卒業式用の極まり文句みたいなものだったのでしょうが、奇妙なことに、私は、その極まり文句のところだけを覚えています。

「社会の荒波に船出する――」というのは、ただ一般的に、学業を卒えて生活のための労働に就くというだけではなくて、大部分の現実としては、松橋以外の土地に働きに出るということです。私達は毎年、校長先生の、そのような卒業生への餞けの言葉を聞いて学年を上がっていったのです。

家でもまたそうでした。

母は時々、近所の人達が就職して行っている、遠くの町の会社のことを、母なりの知識で話すことがありました。

「矢部屋の真之さんが帰って来て言いよらしたばってん、八幡ん雀は製鉄所の煙突の煙で、真黒に煤けとるてばい――」

それは、そんな話から、子供達がそれとなく、いずれは家を出るという心構えを身につけてくれるよう願ってのことだったのだろうと思います。

そんな按配で、子供ながらに私達は、自分達が、やがては町を出て行かなければならない身であることを知っていたのです。しかし私達は、そうやって松橋を出て行くことが、直ちに松橋との縁切りだとは少しも思っていませんでした。勿論、子供だった私達が、そんな言葉で意識したのではありませんが、自分達の手足の長さで計れた、往還ばたの低い家並みも、田打蟹のふつふつという呟きも、大潮の時の大野川の満潮の姿も、いうならば、松橋は、私達をこの世にあらしめた初発の宇宙でした。それは私達の最も確かな世界だったのです。松橋は、たとえ私達が地の果てへ行くことになろうと、消えてなくなるはずのものではありませんでした。ほかに、私達には考えようはなかったのです。

〝大地〟の女達と、〝島原〟やマッシマの女達が、どんなふうに違っているのかいないのか、その辺の曖昧さは、子供心の至らなさとして勘弁願いますが、世界が違うというのは、多分、私や丑之助と女達の、いうならば故郷との関り合い方についてのことだったのだろうと思います。私や丑之助に松橋なるものがあったように、女達にも夫々に生い立った世界があったはずです。私達にとって松橋は不易のものでした。しかし、あり得るはずのことではなかったのですが、今振り返ってみれば、私は、女達にとって、彼女達の故郷は、すでにその髪のようにばさばさにすり切れ、抜け落ちたものと感じとったのではなかったのでしょうか。それは、その頃の私達の気持ちからは全く矛盾することでした。しかし、あの〝ばさばさの髪〟という囁きは、子供心にも、自分達の世界とは全く違った世界が、しかもまた、大人の世界と呼ばれているものとも色合いを異にした世界が存在することを、直感させたのかもしれません。

気になっていることというのは、大体以上のようなことなんですが、少し言い足りていないような気もしていますので、もうちょっとだけ補足させてもらいます。

それは勿論、女達の直接的話ではありません。〝大地〟の時からまた何年か経った、戦争に行った時の話です。

その時私は、丑之助の姿も大野川も、磨り減った軍靴の底のように、それこそばさばさになって消えてゆくのを知りました。

私達は漂流していたのです。

私達が所属していた部隊は、中国の湖北省の北部から、当時の仏領印度支那、現在のベトナムまで、計算してみれば少なくとも五千粁は下らない距離を、結局は一日として休むことなく歩いて移動していった部隊です。行軍そのものは、三日歩いたら一日休むという形をとっていましたが、一日の休みは、実際には、行軍日三日間の食糧の徴発行動に費されていたわけで、場合によっては、行軍日一日の行程より、もっと長い距離を歩かなければならない時がありました。そんな行軍がどんなものであったかは、ほかのところで書いたこともあります。それは地を這う虫の話だったのです。そうして私達は、ボロキレのようになって、仏印との国境を越えたのでした。

それで漂流していると感じたのは、そんな行軍がいよいよ深間に入りこむ時期で、長沙を過ぎるか過ぎないかあたりでのことだったように覚えています。

私は、飯盒を洗いに行ったクリークの外れで、残飯を頬張っている山本の姿を見たのでした。体の弱った連中が食い残したものです。私に見られて、山本は口元をひきつらすようにして笑っていました。私は、山本のその時の顔付きを今でも思い出すことが出来ます。それはまさしく餓鬼の顔でした。勿論、私は、自分が残飯を漁らなかったなどというつもりはありません。しかし、手摑みで残飯を漁っていた山本の姿は、私自身が残飯漁りを始めた時よりもっとショッキングなことでした。

山本は隣町の出身でしたが、私とは同じ中学の一年上級生で、秀才の誉れ高い男でした。それも、ただ型どおりの秀才というのではなくて、ませてひねくれていて、その上、西洋の小説なんかもかなり読んでいて、いつも教師達といざこざを起こしていました。そんな次第で、別の意味で札つきだった私とは、よく職員室で顔を合わすことがありました。怒鳴られても叩かれても、二人とも押し黙ったまま立っていました。学年は違っていましたが、私達はそんなふうな知り合いだったのです。

私達は、兵科は別々ながら、入隊は同じ兵団でした。私は山砲の中隊で、山本は歩兵でした。ところで行軍が始まると、それまでの訓練期間とは違って、初年兵も割と自由に動けるようになります。ただ締めつけるだけでは、部隊がうまく動かなくなるからです。私達は、食糧徴発の帰りとか、炊飯場とかでばったり出会ったりすることがありました。また、行軍編成の入れ替えで、兵科ごとに追い越したり追い越されたりすることがありましたが、そんな時、私達は、声をかけ合ってお互いの無事を喜んだものでした。

考感、漢口、武昌、岳州、と、山本の眼は生きていました。

しかし客観的には、私達はすでに、中国大陸の底の知れない深みに呑みこまれ始めていたのです。岳州を過ぎてから、山本の姿を見なかったのは、僅か半月余りのことでしかありませんでした。そうして、長沙のクリークでの出会いだったのです。

それはあり得べからざることでした。山本は強情我慢の男でした。私には、歯を食いしばって、栄養失調で野垂れ死にしてゆく山本の姿はあっても、残飯を漁る姿はありませんでした。それなのに――。うろたえたのは、山本より私の方でした。私は、自分の足元が、音を立てるようにして崩れ落ちてゆくのが分りました。山本だけが気持ちの支えだったわけではありません。しかし、そうだったのです。それまで、やっとの思いで支え続けてきた心のメリハリも、もはや朽木同然のものとなっていました。最後の一揺すりだったのです。その時、私もまた、終りの見えなくなった行軍の、蟻地獄のような深間にはまりこんでいったのです。

〝俺達は一体何処まで歩いたらいいのだろうか〟

誰もがそのように自問し、そして誰一人として答えることは出来なくなっていました。出発の時、移動の目的地はビルマと聞かされてはいましたが、その時ビルマはタワ言の国と消えてしまったのです。そうです。そうして、私達は行先が分らなくなり、行先が分らなくなると同時に、何処から来たかもまた分らなくなったのです。

すり切れた靴底のように、山本の顔も故郷の家族の姿も、ぼろぼろに崩れ、かすれてゆきました。くる日もくる日も、私達は、ただ同じように歩いているだけでした。

戦争のその後のことについては、機会があったら、またお話しすることになるのかもしれません。

随分と大回りになってしまいましたが、島原行きをことわった時の直感を、今になって補足してみれば、つい、長沙を過ぎてはまりこんでいった、行軍の深間のことが思い出されてしまうのです。勿論、魚政のオカミさんに触発されて想像出来た世界は、ほんの一回りのものでしかありませんでした。しかし、こうして、その頃の記憶を書きとめていますと、毎晩のように客をとりながら、〝島原〟、マツシマ、それから名も分らない淫売宿と流れて行った女達の世界が、終りのない行軍の土埃の間から、朦朧として浮かび上がってくるような気がしてなりません。

不易の故郷はありませんでした。

という一応の次第で、話を元に戻しますと、とも角、私は、船長の島原行きの誘いはことわったのでしたが、それでも船が入ってくると、それまでどおり船長のところに話を聞きに行っていました。船長の話はやはりいつ聞いても面白くて、私は島原行きをことわったにも拘らず、秘かにまた、新しい話の町に連れて行ってもらいたいと思うのでした。

ハガマの底は、先に話しましたように、大潮の満潮時には、大人の背丈の二倍くらいの深さになります。発動機船が荷物を満載して来ても、船底と川底の間には、まだちょっとした開きがあります。私達はよく、その船底と川底の僅かばかりの間を潜り抜けては遊んだものでした。それはひょっとして、船が沈んできて、その下に圧しつぶされてしまうのではないかという、程よい危惧を伴ったものでしたが、何時頃からでしたか、多分、島原行きをことわってからだったと思っています。私は、船底を潜るたんびに、そんなスリルのことだけではなくて、川底の茶碗や硝子の破片を拾っては、船底に、その破片をこすりつけるようにして、自分の名前を彫りこんだのでした。そのことは、船長には勿論、何故か丑之助にも話しませんでした。

荷役が終ると、発動機船は屋根板をかけます。そして、大抵一晩停泊して、翌日の潮で帰って行きました。私達は何時も、その発動機船の屋根板の上で、船が動き出すのを待っていました。発動機が動き始めて暫くすると、操舵室の後の小さな煙突から、ポンポンという小気味のいい音と一緒に、円い青みがかった輪を噴き上げて、船はゆっくり動き始めます。船が動き始めると、私達は一斉に、ハガマの底めがけて飛びこんでは、船長に別れを告げたのでした。

船底に名前を彫り終った日、私は鉄橋の下まで船の後を追って泳いでゆきました。船長の話だと、その時も船は島原行きのようでした。とうとう本人は行く機会を失くしてしまったのですけれど、私は、身代りの、船底の自分の名前が出掛けて行くのを、退き潮の速くなった流れに逆らいながら、いつまでも見送っていたのでした。

気がつくと、潮はもう永代橋の下をくぐって、更に上流へと向かい始めていました。期待に反して大潮ではないらしく、橋をくぐった潮の勢は左程のものではありませんでした。

昔は、潮が丑之助の家の鰻籠をつけた柵の高さを越えると、私達は、永代橋の欄干の上から次々に飛びこみ始めたものでした。柵が見えないようになると、もう余程のことがないかぎり、川底の石で頭を割ったり、腹を引っ掻いたりすることはなかったからです。しかし、その目印の柵はもうありませんでした。勢の弱まった潮は、以前、柵のあったあたりに、まだ幾片かの木端れを浮かべていました。それらの木端れが二〜三度行ったり来たりすると、やがて退き潮にかわります。

そういえば、上流で屋根替えでもあったのか、一度、山のような藁屑が流れてきたことがありました。柵にひっかかってくるその藁屑を、私も、丑之助と一緒になって、柵の上から竹竿で必死になって払い除けたことがありました。

もう四十年の以上も昔のことになります。

そろそろ潮時が来ているようでした。何時まで躊躇い続けていても仕方のないことでした。私は、思いきって青瓦の家を訪ねることにしました。

「そらぁ、ああた、何うしてああたがこつば忘るるもんですか。ああたばですな、ああたば助け上げたとは誰でんなか、この私ですけん。まだほんなこて、ああたが三っつか四っつ頃のことでしたろう。丁度、私が、あすこん港町の天草屋の前ば通りかかりよった時でした。川ん方から、女の子の金切り声のごつあるとの聞こえて来たですもん。何ごつだろうかて思うて、慌てて川ん中ば覗いて見たところが、ああたが家ん裏の石垣のところで、姉さんの石垣いしがみついて泣きよらす。そるでこっちの方にゃ、小まか子供のごつあるとの、ぷかぷか浮かって流れて来よるじゃなかですか。私ぁもうたまがってしもうてから。はい、すぐ川ん中ぁ飛びこんで引っ張り上げたつだったですたい。ぐたあっとなってしもうとってな。

私共はほう、川ん端ですけん、そげなこつは時々見て知っとるでっしょが。一生懸命水ば吐かせてから、もういかんかなても思うたつですばい。ほんなこてあん時ぁ心配しましたばい。いんえ、そげんこつじゃなかつですたい。あげんして助け上げてみると妙なもんで、他所ん方ん子でん、やっぱ煩悩のつくとですたい――」

橋のたもとを曲がって二～三米も行くと、私は、青瓦の家がまぎれもなく丑之助の家だということが分りました。それに周りには、昔の、竹の鰻籠みたいなものも積み上げてはありませんでしたが、それでもやはり、鰻屋をやっているのではないかとすぐ思ったのでした。私は思わず口元がゆるんでいました。家の作り方が昔と同じだったのです。私の頭に残っている丑之助の家は、先にもちょっと話しましたように、舟板を打ちつけて作ったようなもので、橋寄りの方が住居になっていました。堤防道と殆ど変らぬ高さに、上がり口の狭い板張りがあって、雨戸を開ければ、もう居間の中に踏みこんでいる感じでした。私達は、裸足で駆け上がっては、おっ母さんによく怒られたものです。そして、屋根が一段低くなるようにして、その向うが土間の調理場でした。

青瓦の家は、そんな昔の家と比べると、大きさも、一回りも二回りも大きくなっていて、住居の方は二階建てになっており、使っている材料も立派なものでしたが、作り方の感じからすると、やはり昔どおりだったのです。橋寄りの住居と思われる方は、やはり、床が堤防道からそんなに高くなっていませんでしたし、その向う側の屋根の低くなっているところは、仕事場らしくて床上げがしてなくて、堤防道とはサッシ枠の硝子戸で区切られているだけでした。堤防道の仕事場なんて、そうそう他の商売で考えられることではありません。

〝でも、どうやって鰻を囲っているのだろう〟

そう思って近づいてみると、橋の上では、子供の頃のことばかりに気をとられ、また、歩き出したら、家の作り方なんどににんまりして、つい気にとまらなかったのですが、彼岸を過ぎたばかりの、まだ暑さが残っている日だったのに、居間の方も調理場の方も、サッシのガラス戸は締め切ってありました。

〝居ないのかもしれない〟

そう思いながらも、私は、いつもそうしていたように、居間の前を通り過ぎて、調理場の方から声をかけたのでした。

「おい、丑しゃん居るかい」

二度三度呼んでみましたが、中からは返事がありませんでした。私は諦めて帰りかけようとしていました。

その時だったのです。

「どなたでっしょか」

居間の方のサッシが開けられて、突然、年寄りの顔がのぞいたのでした。私は不意を打たれたような感じで、暫くその顔を見つめていました。ひょっとして――。

髪が真白になって、顔が小さくなっていました。でも――。

〝丑之助のおっ母さんだ〟

そう思った時、おっ母さんの方も何か気がついたらしく、眼の色がちらっと動いたのでした。

「ああたは――」

「はい」

「ああたは、浜の――」

「はい」

「やっぱそげんでしたか。はい。

いんえ、丑ゃ出掛けて居りまっせんばってん、ほんなこて久しぶりでございます」

おっ母さんは、サッシの縁から身を乗り出すようにして、懐かしさを体一ぱいで表しているようでした。年寄りの人懐かしさというだけではなくて、昔のことではあっても、やはり、〝自分が助けてやった〟という特別の親しさからでもあったようでした。

「とも角お茶なっと、はい、上がっていって下はりまっせ」

うまい工合に話が出来るだろうか、そう思いながらも、結局、私はおっ母さんの弾むような声につられて、請じ入れられてしまったのでした。

「びっくりしなはったでっしょ。昔とな変ってしもうて。はい、あれからもう何年どんなるとですか——。ああたも年ばとられてから」

実際、丑之助を担いで行ってから三十年ぶりのことですから、おっ母さんが年をとったように、私も年をとっていたのでした。

しかしおっ母さんはほんとに嬉しそうでした。

「まあよかとでっしょうもん、ゆっくりしてゆきなはりまっせ」

そう言うと、おっ母さんはお茶をいれに立ったのでした。

昔流で丁度八十歳になるということでしたが、耳だけが少し遠くなっているくらいで、おっ母さんは、足腰も記憶力も、まだまだしっかりしているようでした。

私の方はといえば、まだ少し落ち着きが悪い感じでした。

以前、ぶっつけの板壁だった用水路側にも硝子窓がつけられていて、居間は明るい室になっていました。窓から覗くと、裏側も様子が変っていました。田圃は用水路のすぐ近くまで埋立てられていて、新しい家がたてこんできていました。昔の面影を探そうとしても、勿論、見当るはずはありませんでした。川から上がるとすぐ水を浴びていた湧き井戸も、用水路の上の竜神さんの小さな祠もなくなっていました。当然のこととは思いながらも、私はなかなか落ち着きされずにいました。

そしてふと気がつくと、おっ母さんが、半分開けたまま立っていった仕切戸の間から、調理場の様子が少し覗けていました。全体の模様は分りませんでしたが、昔の三和土《たたき》の土間はセメントになっていて、絶えず水の流れる音がしていました。

お茶を入れると、おっ母さんは、さっきの、私を川から引っ張り上げた時のことを一気に喋ったのでした。そしてまた話し続けたのでした。

「ああたとはですな、私ぁほんに縁のありましたつ。よう遊びにも来よりなはりましたばってん、ああたがこつは、もう一ちょよう覚えとることのありますと」

そう言うと、おっ母さんは、遠い昔のことを手繰り寄せるように一息入れました。

「そらあですな、ああたがほう、丁度兵隊から帰って来なはった時のことでした。駅ば出なはると、ああたはもう、家の方さん、傍目もふらんで急ぎ足だったですけん、周りのことにゃ気付きならんごつあったですばってん、私ぁあん時、あすこの駅前ん四っ角んところに居ったとです。知りなはらんだったでっしょが――。

何ばしとったつかてああた、昔のごつ、頼うどった鰻ばもらいに行きよるところだったつですたい。

はい、丑ぁもう帰っとったて思います。ばってん、彼奴《あやつ》ぁ、あん頃は鰻のなんのて触《せせ》ろうてもしまっせんでしたもん。闇のもんばっかり扱うとって、そるが方がゼニにゃ余計なりよったですけんな――」

その頃、おっ母さんが苦労しただろうことは、私にもよく分りました。

私は、丑之助の兄さんの清《せい》さんが、川向うの豊川や、不知火の外れの亀崎辺りまで、自転車で鰻を集めて回るのに、よく随いて行ったものでした。その清さんが兵隊にとられると、今度は、おっ母さんがリヤカーを曳いて、その鰻集めに回るようになったのでした。ところが丑之助は、高等小学校を卒業すると、当時の世間の風潮というものもあって、満蒙開拓義勇軍というのに入団して、当時の満州へ行ってしまったのでした。残されたおっ母さんは、それからもずっと鰻を集めて回らなければならなかったのです。

「ほんなこて、何年鰻ば集めて回ったかしれやしまっせん。

そるで丑が帰って来た時にゃ、ほんなこてほっとしましたつ。ところがああた、さっきの話じゃなかですばってん、鰻よるか闇の方がゼニになるもんですけん、彼奴ぁ鰻のこつはハナかららうっちゃらかしでした。私ぁもう、仕様もなしに鰻のこつば続けとったつですたい。

あん時も亀崎まで、女の足ですけん、朝も早うから出掛けにゃそん日の商売にゃならんでっしょが、そるで四っ角んところば曲りよったら、ああたが帰って来よりなはったつですたい。

朝も早うして、通りにゃまだ誰も出とらんでした。はい。

汚なか軍服ば着て、顔ば真黒うなってから。私ぁじっと見とったつですばい。

南方帰りてにゃすぐ分りました。若かとに苦労しなはったつばいて思うて、よっ程声ばかけようかてな思うたつですばってん、ああたも早う帰ろうごつあんなはったでっしょし——、とうとう声もかけんだったつですたい」

おっ母さんの話はなかなか終りそうにありませんでした。

そのうち闇の商売もうまみが少なくなってきて、丑之助もとうとう鰻を扱い始めたこと、すると間もなしに、農薬が盛んに使われだしたりして、天然鰻が行き詰まり、いろいろと考えた挙句が、養殖ものに切り換えたことなど、延々と続いたのでした。

私は、おっ母さんのもの覚えのよさに驚いていました。

「何のああた、私ぁ丑が八つの時に亭主に死なれたですもん、そるで気ば紛らわすとに、どげんかある時ゃ、一人でぶつぶつ喋りよりましたもん。そげんこつで、今でんちっと癖の残っとるとですたい」

そして急に思いついたように

「そげんでした。鰻ば食うてゆきなはりまっせ」

と言って立ったのでした。

遠慮する間もありませんでした。私もつられるようにして立ち上がると、おっ母さんの後に随いて調理場の方へ下りたのでした。その途端、私は思わず立ち止まってしまっていました。調理場は、全く見当もつかぬような変りようだったのです。

薄暗かった土間の調理場は、居間と同じように明るくなっていて、井戸も井戸端も、土間のあちこちに散らばっていた鰻籠も、それこそ影も形もなくなって、綺麗さっぱりとセメントの床に変っていました。

「見てみなはりまっせ、今はこげんなっとるとですばい」

おっ母さんは、立ち止まっている私の方を振り返って笑っていました。

見ると、用水路側のコンクリートの流しには、真黒な異様な感じの容器が積み重ねてありました。丁度大人の腕で一抱えくらいの、五十センチばかりの高さのポリ容器で、胴中のところどころには水捌けの穴が開けられていて、それが高さの半分くらいは下の容器に嵌めこまれるようにして、十個ばかりも積み重ねてありました。そしてその上から水道の水が流しっ放しになっていました。

おっ母さんがお茶をいれに立った時気付いた水の音がそれだったのです。

「あん中に鰻の入っとるとですたい。多か時分にゃあるが十本の以上にもなりますと。はい、あげんして泥ば吐かせて、身ば締めてですな、暗うしとくと彼奴共《あやつどん》も色のようなりますけん――。

裏のイデん上も同じかごつなっとるとですもん」

私は一瞬息をのむ思いでした。具体的な様子が想像出来たわけではありませんでしたが、或る程度は覚悟していたことでした。しかし、それにしてもあまりの変りようでした。

私の鰻への親しみは丑之助一家によって覚えたものです。あの剽軽な顔つきも、捕える時の大格闘も。

何時だったか、土用の暑い日、私は永代橋の真下の石敷のところで、一米余りもある大鰻を捕まえたことがありました。私は、暑さに弱ったようなその鰻を、それに大鰻はあまりうまくないとも聞かされて、囲いの中の鰻籠に放してやったのでした。鰻は元気になって一夏中生きていました。

私は、丑之助を訪ねる時、その前に必ず囲いの中の鰻を覗いていました。

「おい元気かい」

鰻が籠の底に黒々として沈んでいる時、私は安心し、茶色っぽくなってうごめいている時、何処か工合でも悪いのではないかと心配したものでした。流れが濁らぬよう、私達は、囲いの近くでだけは遊ばないように気を配っていました。

私には、川を離れて鰻が囲えるなんて、とても考えられることではありませんでした。鰻は川の中のものでした。

それなのに――、それも、異様な姿をしたポリ製の容器の中で、水道の水を頭から浴びせられて——。

思い返してみれば、鰻籠の柵は、生きていた大野川の象徴だったのです。川の眺めを引き締めていた点景というばかりではなくて、ふと少年の心を和ませてくれた秘密の在所でもありました。

先程の、橋の上での思い出がみるみる色褪せてゆくようでした。

「びっくりしなはったですか」

おっ母さんは、黙ってつっ立っている私の方を振り返って笑っていました。

「——」

私は咄嗟には返事も出来ず、なおも黙ったままでいました。

その間に、おっ母さんは、調理台の下の容器から、細身の姿のいいのを二〜三匹もとり出すと、以前と変らぬ手つきでさっさと開き始めていました。左手に巻きついてくる鰻が、包丁を引くにつれてものの見事に解けてしまいます。開かれて、骨を外されてもまだ、鰻はその青白い身をうねらせていました。

おっ母さんが作ってくれたのは、昔から自慢の白焼きでした。

「ほんなこて便利な世の中になって、仕事は楽になりました。昔ゃあた、川の水の濁りゃせんだろうか、何か妙なもんの流れて来はせんだろうかて、一っ時も心配の絶ゆるこつはなかったつですばってん――」

それでもやはり、おっ母さんは、時々淋しくなる時があるということでした。何十年もの間、川と綯《な》いまざるようにして暮して来たのに、今ではもう、川とは何の縁もなくなってしまって、

「はい、やっぱ眼の前にあるとですけん、忘りょうと思うても忘れられるものじゃありまっせん」

急な大水で鰻籠が流された時のこととか、ハゼがびっくりする程沢山上がってきた秋口のこととか、おっ母さんと私の間では、それからも一しきり、昔の川の話が続けられました。

そして結局、私は、おっ母さんの作ってくれた、ポリ容器の鰻を御馳走になって帰ったのでした。

丑之助は、新しい養殖屋との話合いに、オカミさん連れで鹿児島まで行っているということで、その日のうちに帰って来れるかどうか分らなかったのでした。私は、丑之助に会えなかったのは残念でしたが、会えていたらもっと混乱していたのかもしれません。そう思いながら、そして私は、おっ母さんがいつまでも達者でおられるよう願って、堤防道の青瓦の家を辞したのでした。

子供の頃のことといえば、大方そんなところです。もう四十年も以上も前のことで、今更思い出しても仕方のないことばかりですが、でもどうして、私はそんな松橋のことなんかを話し始めたのだろうかと思います。これまでも、松橋のことを思い出すたんびにつきまとっていた疑問ですけれど、ただ昔懐かしの故郷だからというばかりではないようです。

どうやら私は、後生願いみたいなことを考え始めているのではないかというような気がして来ます。

先程は、妙に持って回って、失くなった腕のその指先が痛むようなことを口走ったのですが、そしてお話ししましたように、それが、大野川の方寸の天地に関わってのことらしいということも納得出来たのですが、それらの話も辿ってみれば、どうやらそんな後生願いの気持ちからのように思えてならないのです。何を今更後生願いなんぞと思い返してみても、気持ちの流れはとどめようもない有様です。何処かでしてやられたに違いありません。

思ってみれば、従姉の骨を前にした時、すでにそうだったのかもしれません。それを、この年になって、全くホゾを嚙む思いでもあります。

長沙のクリークで山本に会ったことは先程話しました。山本は多分、桂林を過ぎるあたりで死んだはずです。桂林を過ぎてから、私は、山本の姿を見ていないのです。栄養失調で動けなくなったのだろうと思います。

それで従姉が死んだ時、私は、そうすれば気持ちをとりなおすことが出来るかのように、それら戦地でのことを思い出していました。

戦地では、栄養失調で死んだ落伍兵達を、私達は次から次に火葬しなければなりませんでした。といっても、それは、体まるごと焼いてしまう時間はありませんでしたから、片腕を切りとって薪の中にほうりこむだけのことでしたが、そうやって焼いた骨は、誰かが布切れに包んで背ノーの底に蔵っていました。しかしそれらの骨も、長い行軍の間、少しでも身軽になろうと多くのものが捨てられたはずです。

従姉の死とは、全く違った世界の出来事でした。

一体どんなふうにめぐりめぐっているのでしょうか。松橋のこととか、従姉の死とか、戦争のこととか、後生願いとか――。

うまい具合につなげられそうな自信もありませんが、とも角、戦争のことから話し続けてみたいと思います。

それで戦争のことといっても、山本のところで話しましたように、私達の場合は、それは殆どが行軍と病気のことでしかありません。

行軍は、漢口の北の孝感から、当時の仏印のランソンまで、半年ばかり続きました。その行軍では、私達は、一日、三十二粁から四十粁を歩いたのでした。三十二粁行軍の時は、五十分で四粁、十分間の小休止があって、午前中に十六粁、更に昼の大休止をはさんで、午後また十六粁というペースでした。また四十粁行軍の時は、四十分で四粁、午前中二十粁、午後二十粁、休憩時間は、小休止大休止とも三十二粁行軍の時と同じでした。

先程は、長沙を過ぎるあたりで、行軍の目標を見失なったようなことを話しましたが、そうでなくても行軍は辛いものでした。何よりも、銃が肩に沈みこんで、堪らないように痛くなるのです。一言ことわっておきますと、兵科は砲兵でも、私達は、本隊の後追い部隊でしたから、歩兵と同じように小銃を担いでいました。

銃を担いで、背ノーを背負って、弾薬や鉄兜も身につけていたのですから、それで、例えば三十二粁の距離を歩けば、果たしてどれだけのカロリーを消費するかは知りません。まして糧を敵に依るの行軍で、メシは徴発の成否次第ということでした。つまり食ったり食わなかったりの行軍だったのです。消費したエネルギーに、補給が不足した分だけ、それだけ確実に、すり減らされるようにして体力は消耗してゆきました。広西省を縦断している頃、それこそ私達は餓鬼のように痩せ衰えていました。

私達が通過していた道は、かつて仏印ルートと呼ばれていて、援蒋物資輸送の大道でしたから、舗装こそしてありませんでしたが、それは大きくて真平な道でした。そんな大道を歩いていて、私達は、石に躓くでもないのによく転げていました。足がよく上がらなくなって、地べたを摺るようにして歩いていたのです。

それで、元気だった頃は、銃の重さで肩が痛むといっても、まだ、いうならば痛さに張りがあったような気がしています。それが、肩の筋肉が衰えるに従って、銃が沈みこんでくるような痛さに変ったのです。今でも、あの時の銃の跡が、肩の骨に黒々と残っているのではないかと思う時があります。筋肉はもう、腐ったゴムのようになっていて、骨が病んでいたのではないかと思います。

御存じかもしれませんが、行軍は歩き始めの時が一番辛いものです。膝ががたがたになって、踏張りが利かなくなっているのです。休憩時間の間、私達は、眠っているのでなければ、絶えず膝頭を揉んでいました。そうしなければ、歩き出した途端に転げてしまうからです。地面に這いつくばりながら、何度、今度こそはもう立てないのではないかと思ったかしれません。そうして、そう思いながらやっと歩けるようになるのですけれど、行軍の後半、四粁を歩くというのは、実はそのようなことだったのです。

その上、もう一つ厄介なことには下痢がありました。食ったり食わなかったり、悪食したり、たまの大食いなどがその原因でした。また、亜熱帯の炎天下の行軍では、どうしても水筒一本の水では足りなくて、そうだと分っていても、クリークの水を飲んだりしていました。

それで行軍間の下痢は、始まって三日でとまらなければ、その兵隊は歩けなくなってしまいます。どんなふうにして歩けなくなり、歩けなくなった兵隊がどうなったか、その辺の詳しい事情については、ほかのところでも書いたことがありますし、申し上げなくても分って頂けると思いますので、細かくは省かしてもらいますが、それもまた地獄の話でした。

人間の顔付きというのは、私達が思っている以上に微妙で、また、はっきりしているもののようです。それは落伍する兵隊の顔を見ていると実によく分ります。どんなに地を這うようにして歩いていても、微かながらも歩こうとする意志の残っている兵隊の顔には、やはりどこかにメリハリのようなものが見えていました。しかし落伍した兵隊の顔は、その途端とらえどころがなくなっていたのでした。眼や口元のほんのちょっとした加減でしたが、それでも、それは一眼で分っていました。

〝こいつもいよいよ駄目になった〟

私達はそうして、まともには歩けなくなった落伍兵達を、家畜でも追うようにして追い立てていったのです。

一人の兵隊が落伍すると、周りの兵隊で、その兵隊の装備を分け持たなければなりませんでした。小銃、背ノー、弾薬盒と――。自分の銃だけでも肩が折れるような痛さだったのに、更にもう一つ落伍兵の銃を背負いこむとなれば、両肩とも、それこそ身動きとれぬように塞がってしまって、それは死のジャケットでも着せられたような苦しみでした。私達は一っ時も早く、落伍兵から解放されたいと思ったのでした。

それで奇妙なことに、落伍兵達も歩きながら倒れることは滅多にありませんでした。先程の歩き始めの時のことではありませんが、彼らも、小休止の後とか大休止の後とかに、また一晩宿営した後とかに、動けなくなっていたのでした。

そうなると担架搬送でした。担架搬送になると、落伍兵達は二日とは生きていませんでした。

いろいろ事情があったのですが、その間のことはもうお分り頂けていることと思います。

多分、山本もそんなふうにして死んだのです。山本とは、桂林を過ぎる頃から顔を合わすことがなくなったのでした。歩兵の連中と行き合っても、連中は、私が山本の友人であると知っていながら、山本がどんなふうに死んでいったのか、或いは、何処かの警備隊にでも残されて来たのか、何も教えてくれようとはしませんでした。彼らとしては、山本が死んだことは、お話ししましたような按配で、特に誰かに伝えなければならないことではなくて、誰が死のうと全く同じことだったのです。一人ひとりにかまけておれるような状態ではありませんでした。

私の方にしてみましても、事情は全く同様でした。死んだからといって、先程の話のように、死が山本に特別のことだったわけではありませんでした。私の周りにも落伍者は続き、私自身、何時置きざりにされるかも分らなかったのです。私としてもまた、山本のことをわざわざ聞いておきたいと思うことはありませんでした。誰も彼もが、自分のことで手一ぱいでしたし、聞かなくても、様子は手にとるように分っていることでした。

沿道には点々と、腐って溶けかかった人馬の屍体が放置されてありました。それらの屍体が、果たして中国軍だけのものであったかどうか、行軍の状態からすると、日本兵のものだったとしても、別に不思議はありませんでした。それに私達も、それを区別しなければならない理由は少しもなかったわけで、ただ私達は、肩を砕く銃の重さに喘ぐだけだったのです。

前歯をむき出しにして、そしてそのむき出した歯を土埃で真黒にして、私達は歩き続け喘ぎ続けていたのでした。

柳州を過ぎる頃から、行軍は夜行軍に変りました。四月になると、広西省はもう真夏のように暑かったし、それに昼間は、アメリカ軍の戦闘機に執拗につきまとわれるようになったからです。

しかし、夜行軍にはまた夜行軍の悩みがありました。昼間の暑さやアメリカの戦闘機からは解放されましたが、人間そもそも夜行性の生きものではありませんから、連続する夜行軍は、手足がばらばらになるくらい睡かったし、また、アメリカ戦闘機の機銃掃射に代わって、今度は、中国地上軍の夜襲を受けるようになったのでした。

〝それでも軍隊の行軍なのか〟と思われる程、だれきった隊列であっても、昼間の行軍にはやはり、細々ながらも部隊統率の一本のスジがありました。しかし夜というのは怪しいもので、隊伍の組み方は昼間と全く同じであっても、その統率のスジが消えるのです。眠さもそうでしたが、夜の気というものだったのだろうと思います。行軍の隊列は昼間に比べて、二倍にも三倍にも伸びきっていて、そんな伸びきった隊列の最後の部隊が襲撃を受けていたのでした。

そんなことを考え合わせてみると、果たして夜行軍に切り換えて、どれ程の効果があったのか、全く疑わしいかぎりの話です。といって、ただの兵隊でしかなかった私達に、行軍のそんな比較効果を云々する権限があったわけではありませんし、またあったとしても、そんな比較など思いも及ばなかったことだろうと思います。私達としてはとに角、夜であろうと昼であろうと、いうならば、ただ歩くだけのことでしたから、それはそれで、またちっとも構わないことだったのです。

その町の名を何といっていたかはもう覚えていません。ただ警備隊が居ましたから、戦略上はそれなりに重要な拠点だったのだろうと思います。地形上もそう思えるようなところで、警備隊の説明によると、私達が通過しなければならない道は、町を出るとすぐ、十数粁にわたって、両側から迫って来ている台地の峡に入りこむということでした。どちらの台地がより安全であるかは判断しかねるが、いずれの側を選ぶにしろ、峡の道より、台地を上った方が幾らかは安全だろうということでした。どのような根拠に基づいていたのかは知りません。多分山カンに近い選択だったのでしょうが、部隊は南側の台地を上り始めたのでした。そしてその夜は、私達の中隊が最後尾をつとめることになっていました。

台地は、大して嶮しい上り下りがあるのでもなく、それ程高いものでもありませんでした。崖際に、峡の道路に沿うように、踏み固められた細い道のようなものが続いていました。私達の中隊が台地の上に出たのは、まだ夜半前のことだったように覚えています。淡い月明かりに、距離ははっきりとは見当つきかねましたが、多分、四〜五百米くらいのところに、部落か木立ちか分らぬような黒い影が長々と続いていました。怪しいとすれば、そこらあたりから何かありそうな感じでした。しかし、予想に反して、それらの黒い点綴《てんてい》は全く静まりかえっていて、何一つ動き出しそうな気配すら感じられませんでした。

警備隊からの情報は、私達一兵卒にも伝えられていて、さすがに少しは緊張した感じだったのですが、その黒い点綴の一帯を何ごともなく通り過ぎると、私達はまた、いつものようなだらだらの行軍にもどっていました。その後も、何ごとも起こらず行軍は続きました。歩いた時間からすると、台地もそろそろ終りに近づいているはずでした。警備隊の連中は、任務上、情況をかなり誇張して伝えたのかもしれませんし、或いは退屈しのぎに、通過部隊を揶揄ったのかもしれません。私達はもう、そんなふうにも考え始めていたのでした。その時だったのです。台地の奥の稜線あたりで、懐中電燈がモールスみたいに点滅すると、チェコ式機関銃の甲高い弾けるような音が響いたのでした。稜線の方から、機関銃と小銃の一斉射撃が始まったのでした。命令を待つまでもなく、私達は崖際の斜面に伏せていました。弾薬を装填して、安全装置を外して、私達は次の命令を待っていました。そうして、暫く様子を窺っていると、敵にもチェコ機関銃以上の主火器はなさそうで、最初の一斉射撃のあとは、射撃もだんだん散発的なものになっているようでした。次の命令はなかなかありませんでした。

銃を支えている肘が、土の湿り気で湿っぽくなって来て、私は何か土のにおいを嗅いだような気がしていました。私はふと、何処かで覚えのある場面だなどと思ったりしていました。チェコ機関銃の音がまだ散発的に続いていていました。

どれだけの時間が経ったのか分りません。私達は突然、小隊長の怒りに顫えるような罵声と地面を蹴ちらして歩いて来る靴音に眼を覚ましたのでした。

「――起きろ！　何というざまだ。貴様達はそれでも帝国陸軍の兵隊か！　寝呆けくさって、敵が踏みこんで来ていたら、今頃どうなっている。腑抜け共が。立て、立て、立つんだ、ほら――」

実は、私達は、次の命令を待ちながら、前後不覚に眠りこんでいたのでした。後で聞けば、中隊で眼を覚ましていた者は数える程しかいなかったのだそうです。大した火力ではないという情況判断もあったのでしょうが、そんなことより、何よりも私達は疲れていたのだろうと思います。泥のような疲労の中を這いずり回っていたのです。小隊長が怒り狂ったところで、それは仕方のないことでした。

「敵に踏みこまれていたら、今頃どうなっていたか――」

と責めたてられたところで、半ばは自分達のことではなかったような感じだったのです。戦闘意識など、毎日の強行軍に磨り切れて、とうの昔になくなっていました。疲労がかさみ、体力が磨り減ってゆくにつれて、恐怖心というか、生への執着さえも薄れていったのではないかと思っています。

その辺の事情はかなり確かなことと思って下さい。私達はそれ程多くの戦闘場面を経験してきた部隊ではありませんでした。大部分が初年兵で編成された、本隊の後追い部隊で、自分達の情況判断だけで眠りこめるようなベテランではなかったのです。

何時のことでしたか、湖北の集結地を出発して、漢口までは、まだ二～三日はかかりそうな時点でのことでした。行軍休止の日でした。私達は野営地から十粁ばかりしか離れていない、附近の警備隊まで、輜重車《しちょうしゃ》を曳いて、二ヶ分隊くらいの兵力で、中隊の糧秣受領に出かけたことがありました。往復にしてもたかだか二十粁余りの距離です。昼食の時間や、糧秣の受け渡しに要する時間を考えても、せいぜいが半日かそこいらのことでしかありません。糧秣受領班は如何にも気軽に出発したのでした。

ところが、引率責任者である見習士官が、どう地図を読み違えたのか、私達は、行けども行けども怪しげな部落を通過するばかりで、なかなか目的地に着くことは出来ませんでした。朝の八時に野営地を出発して、警備隊の駐屯地に着いた時は、もう午後の四時近くにもなっていたのでした。それで糧秣を受け取り、大急ぎの食事を済ませて駐屯地を出た時は、十一月も末のことで、あたりはもう暗くなっていました。

帰路については、見習士官は、多分念入りに地図の説明や、目印しになる部落や立木の姿、地形の説明など受けたのだろうと思います。それに戦局図でいっても、漢口からそれ程離れていない湖北省北部の一帯は、まだ、完全に日本軍の支配地域でした。警備隊も特に応援の兵力を出すような様子はありませんでした。そんなことで、私達は見習士官の指揮に従って、大した不安な思いをすることもなく、暗くなった駐屯地を出発したのでした。

引率隊長としても、道に迷ったのは如何にも不様なことでしたが、それでも任務は何とか無事果たせそうで、見習士官も再び陽気になっていました。そんなに遅くならないうちに部隊に帰りつける、私達も全員そう思っていたのでした。

　ところが、駐屯地を出て、一回目の小休止が終って暫くしてのことでした。ということは、往路のように道さえ間違えていなければ、野営地と警備隊との、丁度中間地点あたりでのこと、ということになります。突然、私達の行く手の左方向にあたって、燈火の点滅があったのでした。

〝まさか！〟

　私達にとっては全く思いがけないことでした。私達は暗闇の中を凝視していました。しかし、二度目の点滅があった時、状況はもう疑う余地はありませんでした。私は、背中に貼りつくような恐怖が分りました。私達は、駐屯地を出る時から追尾されていたのです。見習士官は、急遽行進の停止を命じると、分隊長格の下士官と上等兵を呼んだのでした。彼らは暫く話合っていましたが、それ程長いことではありませんでした。話合いが終ると、私達はすぐまた歩き出したのでした。

　対手の兵力がどの程度のものであるか、全く見当がつかなかったし、また、本当に仕掛けてくるのかどうか、ひょっとして脅かしだけかもしれないという、一抹の期待みたいなものもありましたし、それに襲撃されるのだったら、それならそれで、少しでも野営地に近くなってからの方がいい、多分、そのような状況討議だったのではなかったのかと思っています。

私達は行進の速度を上げていました。するとどうでしょう。モールスふうの燈火の点滅も、私達の速度にぴったりくっついたままだったのです。多分、二十分とは進まなかったような気がします。進行方向にあたって、丁度、道路を跨がるようにして横たわっている、部落らしい影が見えてきたのでした。

私達は再び行進を停止しました。先刻と同じように話合いがあって、今度は隊員全員が呼び集められました。見習士官はまず一言、

「皆、覚悟してもらいたい」

と言ったのでした。

そして、全員がそう思っていたように、前方の部落あたりで待伏せ攻撃を受けそうな危険があるから、隊は、現在地点で夜を徹し、その間攻撃を受けた場合も、現在地で応戦するという、短い状況説明がありました。

後で振り返ってみると、的確な状況判断だったということになりますが、二十歳をまだ幾らも出てはいない見習士官でした。戦争経験も殆どなかったのだろうと思います。

〝覚悟してもらいたい〟

という最初の一言は、誰よりもまず自分に言い聞かせた言葉だったような気がします。勿論、

私達も覚悟せざるを得ませんでした。しかし恐さはつのる一方でした。

私達は、受領して来た糧秣を輜重車から下ろすと、道路の路肩に土ノー代りに並べて、出来るだけかたまるようにして応戦態勢に入ったのでした。モールスふうの燈火の点滅は依然として続いていました。

見習士官の言葉も、私達の気持ちを一層昂ぶらせるものでした。

〝ここで死ぬのかもしれない〟

燈火の点滅に呼吸を合わせるように、恐怖感が波打っていました。そしてその波間を縫うように、いろんな思い出が切れぎれに続いていました。

入隊する日、営門まで送って来てくれた母の姿が何よりもまず浮かんできました。

「病気せんごとな」

母は私の肩に手をおくと、涙をかくすように眼をそらしました。

母はその前の晩、入隊祝いの膳に、そっと鮎の佃煮をつけていました。

「この魚は、元の川に戻って来るてことだけん」

母はぽつんとそう言うと、かしこまっている私に、箸をつけるよう勧めたのでした。

そして他の家族や大野川でのいろんなことが、燈火の点滅に従って、恐さと綯《な》いまざるようにして続きました。

私達は闇の中で息をこらして前方を見つめていました。銃身に霜が降りるような寒さも感じませんでした。

そうして恐怖に体を強ばらせながら、深更になって、結局私達は、本隊からの救援隊に助け出されたのでした。本隊に帰り着いた時、安堵と疲労で、私達は身動きもできないようになっていました。


体力が消耗するにつれて、心の働きも衰えていった跡を、私は、行軍の跡を振返ってみると、グラフに線を引くみたいに辿れるような気がします。

糧秣受領の夜の瑞々しい恐怖感から、夜襲を受けて眠りこんだ時まで、時間的には四ヵ月余りのことでしかありませんでしたし、その間大した戦闘場面も経験していないのですから、私達がベテランの戦闘隊員になっていたはずはありません。眠りこんだのは、端的に疲労によるものだったのです。

反射的にものを食い、苦痛に顔を歪めることはあっても、その頃はもう、私達は殆ど生への執着を失くしていました。先程の夜襲を受けた夜、小隊長にがなりたてられたように、もし敵に踏みこまれていたとしても、私達にとって、それは全く仕方のないことだったのです。それで自分が殺されるようになったとしても、大した不服はなかったのだろうと思います。

そしてそのような話は、それからまた数ヵ月後、ハノイの陸軍病院に送られた時、一つの頂点に達するのです。

私は、仏印との国境を越えて間もなく、マラリヤの熱発と栄養失調で、ドンダンの野戦病院に送られたのでした。そして重症患者として、ハノイの陸軍病院に送られることになったのです。


ドンダンの野戦病院は、敷藁の上に天幕を敷いたばかりの粗末なかぎりのものでしたが、ハノイの陸軍病院は、さすがに設備の整った本格的なものでした。広い病室と大きな窓と、何よりも一人一台のベッドがあって、ベッドには蚊帳まで吊せるようになっていました。

そのハノイの病院に移って二〜三日は、移動の疲れから、随分多くの患者が死にました。ドンダンからハノイまで乗用貨車で送られ、途中、何度も空襲を受けてそのたんびに避難したり、病院に着いてからも、病院側の受入れ手続きに手間取ったりして、私達は長いこと玄関ポーチの辺りに放ったらかされたりしていたのです。移動して来たのは多くは重症患者でしたから、それくらいのことで、如何にも呆気なく死んだのでした。

自分のベッドへ落着いてから、私も、ずっと眠っていました。といっても、眠っているのか覚めているのか、はっきりとは分らないくらいの浅い眠りで、ふとそんな眠りから覚めると、つい先程までは患者が横たわっていたベッドが、白いシーツを光らせて空になっているのが眼につくのでした。眼を覚ます度毎に新しいベッドが空になっていました。それは、病室の奥の方から始まって、だんだん私のベッドの方に近づいて来るような感じでした。しかし私は、そうやって近づいて来る死が、どんな事態を意味しているのか全く分らなくなっていたのでした。一歩一歩近づいて来る死を、私は、心待ちにしていたのでもありませんし、覚悟していたのでもありません。心残りというものが分らなくなれば、死はただ時間の経過でしかないのです。すぐ奥隣のベッドが空になり、そして私を跳び越えて、その死が窓際寄りのベッドに移った時、私は、何かのはずみだったような気持ちの動きしか覚えていません。

多分、他の患者も私と同じような状態だったのだと思います。病室には如何にも静謐な時間が流れていました。

窓からは、スコールが洗っていった真っ青な空と、植込みのバナナの白い花が覗けていました。――バナナの花というのは、後で病気が回復してからのことですが、よくよく見ると、花弁が厚くて湿ったような艶があって、冷たいセクシュアルな感じのするものです――。しかしその時、私は、青空を背景に、窓一っぱいに広がっている大きな白い花を見ていただけのような気がします。スコールが終ると、入道雲が高い空に後姿を残しながら遠ざかってゆきました。私は、決してそんなはずはなかったのに、ベッドに横たわりながら、一日中、遠ざかってゆく入道雲や白いバナナの花を見ていたように思うのでした。病室を風が吹き抜けると、空になったベッドのシーツが、音もなくさらっと光りました。

そうやって、病院の時間はあるかないかに経過していたのです。そして、私はといえば、そんな身の回りの時間や光景が、果たして自分の内側での出来事なのか外側でのことなのか、何も彼もがさらさらと流れているみたいで、紙より薄い皮膜一枚を隔てて、さだかな区別も出来なくなっていたのでした。

何もすぐ身の回りのことにかぎったことではありませんでした。それも思い出と言えば言えないことはないのかもしれません。

私は、時々脈を看に来る看護婦が、ふと、松橋の柿の木畑のヤス子に似ていると思ったのでした。私は、山海関の駅で、――私達は熊本で入隊するとすぐ、朝鮮半島、満州、華北を経由して、南京の揚子江対岸の浦口まで、軍用列車で送られたのでした――すれ違いに停まっている旅客列車の窓から、日本人の若い女の人にリンゴを抛ってもらったことがありました。その時も、私は、その女の人がヤス子に似ているような気がしたのでした。

ヤス子と私は小学校の同級生でした。家同士がつき合いで、私は時々母親の使いでそのヤス子の家に行くことがありました。そんな時、学校ではお互いに知らぬ顔を決めこんでいましたが、季節にはヤス子に柿を剥いてもらいながら、私達は縁側で喋り続けていたのでした。

山海関では、私は、ヤス子の顔をはっきり思い出すことが出来ました。しかし病院では、看護婦のことをヤス子に似ていると思いながら、はっきりしたヤス子の姿を思い浮かべることは出来なかったのでした。

私は、柿の木畑に上ってゆく赤土の切通し道や、紙袋の中で赤く色づいている柿を見た時の、不意を打たれたような驚きを思い出しながら、少しずつヤス子に近づこうとするのですが、焦点はなかなか合いそうになかったのです。

裏白の茂った裏山があり、柿の木畑のすぐ下を、イモリの巣のような大野川の上流が流れていました。私は窓からの眺めに疲れると、毎日のように、そうやってヤス子のことを思い出そうとしていたのでした。しかしヤス子の姿は、その周りのことは思い出せても、なかなか現れようとはしませんでした。だからといって、私は焦立っていたわけではありません。というより、多分私は、秋の弱まった陽差しに、ものの影がかえってくっきりと際立つように、ヤス子までにはならぬ思い出でしたが、それらの柿の木畑や、切通し道や、裏白の微かに鼻を衝くにおいに、浸りこんでいたようにも思えます。

思い出もまた、秋風のように乾いていました。病院でのそのような生活は、生きている人間の最下限の営みだったのかもしれません。何も彼もが乾いた砂のように流れていて、ほんの一目盛りの温もりが消えれば、それが死というものだったのだろうと思っています。

マン棒とり

「あんたが今井深さんかい」

「はい」

「まあ、お掛けなさいよ」

知人の紹介状を持って、深は、深川佐賀町にある、検数屋、岡田組の事務所を訪ねていた。

事務所といっても、それは、組の親方である岡田の家の、三坪ばかりの玄関口をちょっとそれらしく手を入れただけのもので、窓際に机が二つ並べてはあったが、事務員らしい者も居なかった。深が訪ねて行った時、その事務所には、四～五人の、服装も顔付きも、年齢までも全くまちまちの男達が、深には少しも分らぬ話を何やら大声で喋っていた。

岡田は四十がらみの、度の強い近眼鏡をかけた、骨太の男だった。

「九州から出て来たんだってね」

「はい」

「話は聞いて知ってるよ。世間も少しは落着いて来たし、終戦直後のどさくさの時のように、うまいことってそうざらにあるものじゃないんだよ」

岡田は、若い深に、何か云って聞かせているふうな調子でそう云った。

仏印から引揚げて来て二年ばかり、田舎の家に居る間、深は、たまに闇屋の手伝いをしたり、百姓の真似事をしたりするほか何もしなかった。生活のルーチンにはまだ染まっていなかったし、片や、命をかけての野戦でもあった。敗戦は、深達の年齢の者に、一番都合の悪いことだったのかもしれない。そんなふうで、就職先を世話してくれたり、学校へ行ってみる気はないかと奨めてくれる人があったりしても、深は、そうスムーズに自分の将来を考えるような気持にはなれなかった。

そんな時、太原時代の知人から、上京して来ないかという誘いがあったのだった。新橋とかいうところで、アメ公対手のキャバレーを開くことにしているから出て来いということだった。手紙には、知人が、そのキャバレーの設立、経営にあたってどんな立場にあるのか、また、深が何をするのか、などについては一言も書いてなかった。深がそんな手紙を見て上京する気になったのも、かえって、キャバレーという胡散臭い商売や、そこで自分が何をやるのかはっきりしない、そんな曖昧さによっていたのかもしれない。深は、太原時代、それ程のつきあいでもなかったその知人がわざわざ手紙をくれたのは、彼が、当時の深の、強靭な、動物のような体の動きを覚えていて、それを当てにしてのことではないか、と思ったりしていた。

上京して半年ばかり、キャバレーの話は、金主との折合がつかずつぶれた。そのために集まって来ていた十人ばかりの若い連中も散り散りになっていった。深が岡田組を紹介されたのは、そんなキャバレーの話が駄目になって暫くしてからのことである。岡田はキャバレーの話にかんではいなかったが、深の知人とは可成りふるくからのつきあいらしく、ことの経緯についてはよく承知しているふうだった。

「親方、そいじゃ行って来ます」

深の顔をもの珍しそうに見ていた四～五人の連中が出て行くと、岡田は、かけていた椅子をひき寄せて、深の顔をのぞきこむようにして仕事の説明をはじめた。

「とに角働いてもらうとして——、仕事ったって大したことじゃないんだよ。簡単に云っちまえばただの数勘定さ。倉庫会社や回漕問屋に頼まれて、船で運んで来た荷物や、受入れる品物の数が、送状どおりに合っているかどうかを確かめる仕事よ。荷物次第で荷揚げの仕方も違うし、荷揚げの仕方で勘定の仕方もいろいろあるけど、それはおいおい覚えてもらうんだな。それに、あとは、人足連中がオミヤゲを持って帰らないかどうか、眼を配ってりゃいいんだ。子供にだって出来る仕事よ」

岡田の、風体には似合わぬ、要領を得た説明を、深は黙って聞いていた。深は、その商売が、タリーマンとも、チェッカーとも、検数屋とも立会とも、可成り様々に呼ばれていることが分った。

岡田の、そんな仕事の説明が終った時、深よりは三つ四つ年上らしい、赤い野球帽をかぶった男が入って来た。

「山本君、ちょっと」

岡田は入って来たその男に声をかけた。

山本と呼ばれた男は、それまで一週間ばかり続いた、両国公会堂河岸でのメリケン粉の荷役が終ったので、その報告と、新しい仕事の割り振りを聞きに事務所に寄ったのだった。

「君、浜園町の農林省の倉庫に行ってくれないか。物は米、吉川君が行っているから。ああ、こちら今井君、今日から店に来てもらうことになったんだ。二〜三日仕事の要領教えてやってくんないか」

野球帽の山本は入口に近い椅子に腰を下した。背丈はあまりなかったが、肩巾の広い、がっしりした男だった。後で本人から聞いた話によると、山本は「回天」に乗っていたそうで、七千ばかりの肺活量を吹いていたということだった。

岡田は、山本の報告書を鉛筆の尻で追いながら、破袋が多いようだと云った。山本は、それは送られて来た時からそうであって、両国での荷揚げの時に破れたのではないと答えていた。

岡田はうなずきながらもあまりいい顔はしていなかった。そして急に深の方を振りむくと、

「はじめに云っとくけど、給料は月末払い、差当っての三ヶ月間は見習い期間で、仕事のある日だけ日当百円。事務所までの交通費は手出しでやってもらいます」

岡田は切口上ふうにそう云うと、眼鏡をずりあげた。厚ぼったい唇の両端に、唾が乾いてこびりついていた。

深は、知人の話で、岡田のところの給料が馬鹿にやすいことは知っていたし、それに大抵の立合達が、オミヤゲと称して、その日の揚荷から、倉庫が持たしてくれるいくらかの物資を捌いて、生計の足しにしていることも聞かされていた。しかし、深が、給料のことで何も不満らしいことを云わなかったのは、そんなことからではなかった。深には生活がなかった。深は、生活というものを知る以前に兵隊に行った。生きて帰って来るつもりはなかった。帰って来た

のは、やはり不幸と云ってよかった。深には、自分の身を寄せる確かな手段というものが分らなかったし、分ろうとも思わなかったのである。そんなふうだったので、その日、たとえ、岡田が十倍の日当を出すと云ったとしても、深には何もすることがなかった。深が岡田の店に来たのは、田舎に帰るのが億劫だったからにすぎない。メシのことは仕方のないことだった。

深は、山本に急かされて、「よろしくお願いします」と云って立った。


戦災をうけなかった浜園町の農林省倉庫は、さすがに官営のものだけあって、当時としては立派なものだった。瓦葺き平家ではあったが、ぶ厚い白セメント壁の倉庫の列が五列、深達が降りたバス道路から、七〜八十米はありそうな掘割の岸にむけて、ずっしりとした感じで並んでいて、それらの倉庫の列の間には、荷役用のトロッコのレールが走っていた。それでも近くでみると一つ一つの倉庫には、丹念に漆喰で塗りつぶしてあったが、クモの巣のように広がったヒビ割れのあとがあった。倉庫内の常温を保つため、小さなヒビ割れの隙間もそうやって塗りつぶすのだということだった。

倉庫の端から掘割の岸までは、五〜六米くらいの巾の、石炭殻を敷きつめた空地になっていて、その先の掘割は意外と広かった。対岸まで三十米近くあったかもしれない。向う岸は建物一つない原っぱだった。こちら側の岸には、六艘の達磨船が二艘づつ接舷して泊っていた。上げ潮だった。潮が音もなく岸壁に満ちていた。深は久しぶりにゆったりした気分になっていた。

達磨船の屋根板をはがしたり、荷揚げ口から倉庫の入口までの通路にカンバスシートを広げたりして、荷揚げ前の一時、河っ縁は急に忙しくなった。山本は、そんな忙しさから離れて、沖寄りの達磨船の屋根に屈んで、荷揚げ場の様子を眺めていた吉川のところに深を連れて行った。

「今日から店に来るようになった、今井君です」

「ああ、そうかい。俺、吉川」

吉川は、ちょっと見れば五十そこそこの感じだったが、よく見ると、下瞼のたるみや、肉の落ちた首筋の皺には、もっと相当な年配ではないかと思わせるものがあった。大きな目玉が濁りきっていた。

「吉川さんは、もう三十年からこの商売でメシを食ってんだ。大抵の箱物や俵物だったら、積みつけの形を見ただけで数が分るんだ。二つとは違わないよ」

吉川はちょっと笑った。笑うと鼻から口へかけての筋が更に深い皺になった。

「今の、ウチの仕事だって、半分は吉川さんの縄張りだったんだ」

山本はどうやら吉川の手の内の者らしかった。しかし、そんな話を聞かされても、新入りの深には、まるっきり見当のつけられることではなかった。

「お前さん、こんな商売ははじめてなんだろう。ガラのいい商売じゃないが、暫くやってみても悪かないだろう」

吉川は、ぽっとそう云うと、足許の藁屑を拾って棄てた。それは、まだ何か喋りたさそうな山本の口先を制するふうでもあった。素姓の分らない者に何か喋ってはいけない。渡世人ふうに着流した吉川の背広の肩がとがっていた。山本は久しぶりの新入りに、つい口が軽くなっていたのだった。

「そいじゃ、今日は一日、仕事の様子でも見ているんだな」

吉川はくわえていた煙草を投げると、そう云って達磨船を下りた。

仕事が始まるのだった。

山本の受持ちの達磨船には、大きな移動式のベルトコンベアーが渡され、吉川の方は路板だけだった。仕事は回漕問屋から依頼されたものだったので、達磨船が運んで来た米俵を、その数だけ正確に倉庫にひき渡すのが、吉川と山本の役割だった。山本は、ベルトコンベアーの岸の端のところに、吉川は路板の降り口のところに、夫々、三十センチばかりの、細長い竹の棒を、両手に十本づつ持って立っていた。

「この竹の棒のこと、マン棒ってんだけどな、こうやって一本づつ渡すんだ」

丁度、俵を担いで路板を下りて来たニンソクに、吉川は、右手に持った十本のマン棒を扇子の骨のように開いてつき出していた。ニンソクは一番端の方から、その一本を引っこぬいて駆けぬけていった。

吉川の足許には、いましがた、マン棒というものだと教えられた竹の棒がぎっしり差しこんである木箱が置いてあった。木箱は、ハーモニカの口みたいに、二列に、十の小さい仕切りに仕切られていて、その小さい仕切りの中には二十本づつ、木箱全部で二百本のマン棒が入っていることになっている。深は一仕切りづつ数えてみた。

吉川の話だと、余程ニンソク達に馬鹿にされないかぎり、マン棒を渡しそこなったりすることはないということだった。ただ用心しなければならないのは、大きな仕事で、物が小物だったりする時、マン棒の箱が幾つ空になったか、ふっと分らなくなることがあるそうだった。一つの荷揚げ口には、艀側《はしけ》に二百本入りのマン棒箱二つと、倉庫側に空箱が一つ必要だった。マン棒箱の最後の一本は、箱ごとニンソクに持たしてやる。すると倉庫側からは一パイになった空箱を返して来る。そうやって三つの箱が、艀と倉庫の間を往復する仕組みになっていたが、何せ単純な数勘定なので、忙しくなるとつい幾箱往復したか分らなくなる時がある、ということだった。

「あとは棒の握り方さえ慣れてしまえば、何とか仕事にはなるってことよ」

そう云うと、吉川は、新しく二十本のマン棒を木箱からひき抜いて、両手に分けてひねってみせた。マン棒は、両手に十本づつ、扇子でも開くみたいにきれいに開いた。

「少し練習してみな」

吉川は、黙ってそんな吉川を見ているばかりの深にそう云った。

深は、二十本のマン棒を両手に分けて、吉川がやったようにひねってみたが、がりがりという音だけで、マン棒は少しも開こうとはしなかった。

吉川がふりむいて笑っていた。

「最初は、五本づつくらいでやってみるんだな。そのうち出来るさ」

深は、云われたように五本でやってみた。棒の先が不体裁に少しばかり開いた。

達磨船の上では、古参株らしいドンブリ掛けの連中が、夫々二人づつで組を作り、三組ばかりで、ヘイタイと呼ばれている担ぎ方専門のニンソク達に、如何にも軽そうに俵を担がせていた。長短二本の手鈎に操られて、六十キロの俵はまるで重さの無いものみたいに踊っていた。そして俵を担いだヘイタイ達は、足場の悪い、でこぼこになった俵の上を飛ぶようにして走り、揺れる路板をしっかりした足どりで駆け下りた。全くはじめての深には、そんな荷役場の有様は結構面白い見物だった。

作業中、ヘイタイは殆ど口をきかなかった。俵を担がせている連中だけが、手鈎の動きに合せて、単純作業を紛らわすように、何やら軽い抑揚で調子をつけていた。

ヘイタイが空のマン棒箱を持って走り、吉川は二箱目のマン棒箱をとると、ぴしっと開いて両手に持った。

潮がもう岸近くまで上げて来ていた。沖どりの艀を曳きに行くタグボートの波に、達磨船は順繰りに大きく揺れた。

深は、帰りのヘイタイが持って来たマン棒の数を調べると、両手に五本づつ持って、手首を振りながら棒を開く練習をした。

山本の達磨船はベルトコンベアーを使っていたので、作業は、それなりに捗《はかど》りそうなものだったが、コンベアーのスピードの調節がつけ難いのか、かえって後れ気味だった。

それでも午前中で、吉川の方も山本の方も、夫々一艘半くらいの荷役が終った。ニンソク達が、昼の休みに表門わきの溜り場に引きあげてゆくと、あたりが急に静かになった。カンバスシートの上にはこぼれた米が散らばっていて、沖に回った空船の、垢水を汲み捨てている音が急に高くなった。河っ縁には深達三人が残っただけだった。

残ったマン棒の数を調べると、山本と深は、吉川の後について、達磨船の艫《とも》にある船頭の室に下りた。

山本が云っていたように、吉川は相当なカオらしく、船頭がすぐお茶を沸かしてくれた。船頭の室といってもそこは畳二枚敷くらいの広さしかなく、長方形の木箱の中に居るようで、四人の男が坐るともう窮屈だった。きれいに磨かれた天井には、大きな護摩札のようなものが、何かいわれがあるのか斜に貼ってあった。

深は少しむくんだ足首をさすっていた。吉川は昼飯は食わぬことにしているらしく、船頭が注いでくれたあかいお茶を飲みながら、しきりに煙草をふかしていた。

「新入りかね。四～五日もすりゃすぐ慣れるよ」

船頭が、吉川にたずねるともなく、深に声をかけるともなく云った。

天井近くで縞目をなして浮いていた煙草の煙が、階段口のところで急に外に向かって流れていた。階段口を出ると、光の加減で煙の行方は急に分らなくなる。深は所在もなく、そんな煙の流れる有様を見ていた。

弁当を使い終ると、山本は、茶飲み茶椀を丁寧に船頭に返し、深を誘って外に出た。五月の陽射しはもう暑いようだったが水の上の風が気持ちよかった。達磨船の上から、眺めはあらためて広々としていた。下流の方にも、農林省倉庫と同じような倉庫の列が並びその先で掘割が曲がり、船の姿は見えなかったが、海が近い気配だった。

岸の方には人影もなかった。山本の話だと、ニンソク達は溜場で花札をやっているということだった。山本は、中身が抜けてぐずぐずになった俵を蹴とばしながら、

「これでも数のうちさ」

と、うす笑いを浮かべながら云った。

気がつくと、俵は沖寄りの方からとってあった。そうして順繰りに岸の方へと均らしてゆくのだろうが、考えてみればそんな当り前のことも、結構深には面白かった。船頭の室の方では、板のぶつかり合うような鈍い音が続いていて、吉川はなかなか上がって来なかった。

こうして昼からも、午前と同じような作業が始まり、二日目もまる一日続いて、農林省倉庫の荷役は三日目の午過ぎに終った。手仕舞いはインボイスと揚数が合数だったので簡単に済んだ。

帰りぎわに、曳き船を待っている船頭がまたお茶をいれてくれた。深は、三〜四人の、頭株らしいニンソク達の顔も覚えたし、ニンソク達は意外と働き者で、仕事の感じも大凡《おおよそ》の察しはついたような気がしていた。吉川は、二言三言山本に耳打ちして、牡丹町にあるという自分の家へ真直ぐ帰った。深は山本について、荷揚げの報告のために事務所へ行った。

報告書の作成は何のこともないことだった。日附、艀名、倉庫名、それに送状の数と揚げ数を書きこめばそれでよかった。深は、山本が下手くそな字で備付けの報告書に、艀名や夫々の数字を書きこんでいるのを横に立って眺めていた。

「よう、どうだったい」

「はい、何とかなりそうです」

丁度外から自転車で帰って来た岡田に、深は丁寧に返事をした。

「そりゃよかった。うちでも、そろそろしっかりした働きてを揃えなきゃなんない時だから、君なんかに頑張ってもらったら助かるんだよ」

岡田は調子よさそうにそう云うと、事務所から続いている奥の室に、仕切りの硝子戸を開けて入っていった。

他の仕事場からも、二〜三人の連中が帰って来た。深は一人々々に挨拶をした。報告書を書き終えて、一しきりの世間話が途切れると、山本は深を誘って外に出た。

吉川に呼ばれていたのだった。


吉川の家は、深川辰巳の一画から、更に少し東に入った牡丹町の、幾筋も流れている似たような掘割の一つの上に、半分せり出すようにしてかかっていた。吉川は、その掘割の上になった部屋で、早々に一人ではじめていた。塗りのはげた茶袱台には、つまみの干魚と、落花生が袋のまま口を破いて置いてあった。

「早かったじゃないか。店には誰も居なかったんかい」

吉川は、黙って上がりこんで来た二人の姿を認めるとそう云った。山本は、岡田が自転車で帰って来たことと、越前堀渋沢倉庫の荷役が終ったらしいことを告げた。

「明日からヒマだな」

吉川はちょっとうなずくと、呟くように云った。

深達の農林省倉庫が終り、越前堀渋沢倉庫が終った。多分、岡田は、新規の仕事を頼みに回っていたのだろうが、話が出来たのだったら、その帰りは少し早すぎた。深には、これまで岡田と吉川の間に、どんないきさつがあったかは知らなかった。しかし、吉川は小気味よさそうな感じでもあった。

「いま、鮪のブツ切りが来るからな。まあそれまでどうだい」

と云って徳利を差し出した。

部屋には壁際に古ぼけた洋服箪笥が一つと、小さな机があるきりだった。寝巻がわりの浴衣が柱の釘にひっかけてあって、一目で一人暮しであるということが分る、そんな部屋の有様だった。

「奥さんはいらっしゃらないんですか」

深は、膝を崩さないまま、そうたずねてみた。

「奥さんですかっ。いらっしゃらないよ。嬶ァ空襲の時死んじゃったい。ぽちゃぽちゃっとした可愛い女だったけどな」

ひき潮に乗って川風が吹きこんで来た。吉川は、結構一人暮しを楽しんでいるようだった。

そして一くさり空襲の時の話が続いたが、殆どが深の知らないことだった。なじみのない街がいくら焼けたところで、つまるところ、それは話でしかない。復員して来た時、深は、沿線の市街地や村々の焼かれた有様を見ていた。大したことなかったんじゃないか、というのが、元派遣兵の率直な印象だった。それは、田舎の家の黒焦げになった軒先を見た時も変らなかった。

落花生の殻をむきながら、深はそんなことを考えていた。

「おい、お前、どんなスジで店に来るようになったんだ」

突然、山本は、徳利を突きつけるようにして深に聞いて来た。

深の盃も空になっていた。深には不意を打たれたという程の感じはなかった。

それは、山本達としては少しでもはっきりさせておきたいことだったろうし、深にも、今日、自分が吉川の家に呼ばれたのは、新入り歓迎のための飲みかただけではない、というくらいの察しはついていた。

深は極めて真面目に答えていた。

「はい、私の昔からの知人が、岡田さんとは少しつきあいがあったらしくて、遊んでいるくらいだったら、岡田さんのところで暫く働いてみないかって、すすめてくれたものですから」

「そうかい。それだけのことかい。他にとりたてて云う程のことはないんだな」

山本は気の早い男らしかった。それに、山本は、深がはじめて岡田の店に顔を出した朝、たまたまその場に居合せたため、深の日当のことを知っていた。それは山本より五十円も安かった。そんなことも考え合せて、山本は、深と岡田の間には、特に気にする程のことはないと思ったようだった。山本はたて続けに盃をまわした。しかし、深は厄介なことになったと思った。深はあまり飲めなかったし、山本は、自分の用事は済ましたとばかりに、とめどもなく喋りはじめたのだった。

山本は、時々吉川の顔をのぞきこむようにしながら、立会商売の馬鹿々々しさを並べ立てた。特に、ケチなオヤジだと岡田の悪態をついた。そうして、その辺の話が一わたり済むと、話は更めて戦争のことにかえった。戦争中、自分がどんな激しい戦闘を経験したか、どんな奥地でどんな苦難をしのいで来たか、などということは、その頃までは、まだ初対面の挨拶がわりのようにもなっていたし、更には、夫々の体験の競い合いみたいな話になることもあった。

その話によると、山本は回天に乗っていたということであった。回天というのは、艇の前部に爆薬をつめこんだ特殊潜航艇のことである。司令と操舵手の二人乗りで、魚雷より正確に敵艦に体当り命中して対手を沈める、人間魚雷などとも呼ばれていたものだった。真珠湾攻撃の時のそれである。山本は、そんな回天乗りを志した時の自分のふるい立った気持ちを語り、訓練の辛さ、爆死した同期生への思いを綿々と喋りはじめた。山本が生き残れたのは、山本の乗っていた回天が、方向舵を爆雷で壊されて、沖縄の何処かの海岸に打上げられたからだということだった。

深は黙って山本の話を聞いていた。例えば、回天は、機関の騒音で伝声管がその用をなさなかったので、急潜航する時は、司令が操舵手の頭を二～三発ひどく蹴っとばしたり、右へ旋回する時は右肩を、左への時に左肩を蹴る、などという話はそれなりに面白かったが、そんな、回天格別の話が切れると、後はもう退屈だった。しかし、山本は、対手の気持ちなどおかまいなしにその話をやめようとはしなかった。

吉川は何度も聞かされているらしく、話の外で手酌でやっていた。深もいい加減山本の話がうるさかった。特に、元回天乗りの挫折ぶりは閉口だった。深は、だから、自分がそんな回天の生き残りだから、岡田の店のようなところでも働いているのだ、という山本の云草が鼻についた。深にしても、そんなふうに云ってみたくなる時があった。深はそのことをよく知っていた。それだけに一層、それは不愉快なことでもあった。

既に、世間はそれなりの秩序を回復しはじめていた。サラリーマンは、不自由の中でその生活設計のために不抜の勤勉ぶりを示していたし、銀座は日増しに派手になっていた。旅順鉱専中退という山本の挫折ぶりも、だから、仔細に見れば、そんな世間の動きに後れた者の、はけ口のない足掻きでもあったのである。

深はそんな山本の対手はごめんだった。深は腹を据えたように飲みはじめた。

山本は返事をしない深に苛立ちはじめているようだった。山本はしつこくからみはじめた。

「黙っているばかりのお前は、それじゃ一体何様なんだ。お前にだって何もなかったわけじゃないだろう」

話は更にスジ違いになっていたのである。挫折の行き着くところ、山本は、自分が回天に乗っていたということを押しつけることで、それ程ではなかったという一言を、深の口からどうしても引出したかったのである。

深にも、戦場の記憶はまだ生々しかった。中国奥地での野戦の光景が走った。深のまわりの多くの兵隊達が死に、深は生き残った。自分がどんな生き残り方をして来たのか、深は克明に覚えていた。しかし、それは人に話すべきすじあいのものではない。話したところで、話さないのと同じように、それはどうなるものでもなかった。深はそう思っていた。そして戦場での死が、ただそれだけのことでしかなかったように、生き残って来たことにも、何か思い入れする程のことはない、深は漸くそんな考え方にも慣れはじめていたのだった。

深も少し酔っていた。

深は、山本が差し出した徳利を払いのけた。山本のおしつけがましさが我慢ならなくなったのだった。

「三八式でだったら、二百米くらい離れていても、人の頭が撃ち抜ける。今でも腕は衰えちゃいない」

深は、開いた掌に徳利をすいつけてみせた。銃把もそうやって握ったのだった。

吉川が盃を置いた。


帰り際に、吉川は、台所から重そうな風呂敷包を持って来て、

「これ、今日のオミヤゲだ」

と云って、深に手渡そうとした。中身は米だった。荷役作業の昼の休の間、深と山本が船頭の室から外に出ている時、船頭に手伝わして、吉川がヨロクしておいたものらしかった。深は、自分は新入りだからとことわろうとしたが、

「新入りだろうとなかろうと、分け前は分け前だ。こんなことはきちんとしておかなきゃなんねえ。それが俺の流儀なんだ」

吉川はそう云って、なおためらっている深に、強引にその風呂敷包を押しつけてしまった。

深は、検数商売には相当な余禄があると、岡田を紹介してくれた知人から聞いてはいたが、それは、倉庫が、オーバーした揚荷から分けてくれたり、期限切れした保管物を処分したりす

る時に出してくれるもので、こんなふうにして手に入れるものとは思っていなかった。

渡された風呂敷包はずしりと重かった。深は、当分この商売から足が抜けないだろうと思った。そして、久しぶりに血の気の動くのが分った。


一斗の米を担いで、深はその日鳩の街に行った。浜園の農林省倉庫へ行くバスの中から、山本が、寺島町二丁目行きの都電の路線を教えてくれていたのだった。電停からすぐのところだった。

鳩の街は、評判に比べてそれ程大きな一画ではなさそうだったが、時間がおそくないせいもあってか、可成り賑っていた。店の前に立った女達が、通りの客を大声あげて呼んでいた。

「GIカットのオニイさん、素敵よ」

男達も露骨な言葉でひやかしていた。

女達の派手な身なりも、化粧タイルで張った店の様子も、他の特飲街と大した変りはなかった。線香花火をたいて客を釣っているふざけた女がいた。深は少し緊張していた。しかし、深には、店のことにしろ女のことにしろ、選り好みする気はなかった。特にひどい女でなければそれでいい。深は、最初に声をかけてくれた女のところに真直に行った。

その頃、闇米といえば、誰もが眼の色を変えて欲しがっているものだった。そんなふうだったから、深は、正確な闇米の値段は知らなかったが、一斗もあれば一晩の女くらいは買えるものだと思っていた。しかし女達にしてみれば、メシは店で食わしてもらっていた。水揚げさえあれば、現物の米なんてどうでもいいものだったのである。交渉は少し手間どった。とうとう、店のオカアサンと呼ばれている女まで出て来て話に入った。それらしく、アコギな感じのバーサンだったが、結局、そのオカアサンが買手を探してやるということでケリがついた。考えてみれば、それはピンハネの口実だったのかもしれない。しかし、そうと話がつくと、女はあらためて、枡を持って来て風呂敷包の米を量った。

「しっかりしてんのね、若いくせして。ちっとも余りゃしないじゃない」

女はそう云うと、風呂敷包を片手に提げて、二階の室に深を急きたてるようにして上がった。

昼近い隅田川は、二〜三十分ばかり、ふっと船の行き交いが途絶えることがある。清州橋のすらりとのびた橋柱が眼の前にあった。

岡田のところで働くようになってから、もう三ヶ月ばかりになっていた。深は仕事の覚え方も早く、何よりも正確だった。岡田は、そうした深の仕事ぶりを何時の間にか重宝がるようになっていて、出来たら早いとこ一わたりの仕事を覚えさせようとしていた。そんな岡田の意向に乗っかるようにして、吉川が深をS運輸の仕事に回すようにすすめたのだった。

箱崎から清州橋を渡って左へ折れると、それはもう高橋へ通じる道である。その高橋へ抜ける道と河っ縁の間、巾十米ばかり、五砘クレーンを真中に、清州橋際から川に沿って五十米ばかりの、板物や棒物の野天《のてん》置場がある。そこが、金物専門の運送業者・S運輸の仕事場である。

深と山本は、二〜三日前から、そのS運輸で焼線材の看貫《かんかん》をやっていたのだった。

その仕事で、深は、クレーンに巻き上げられて川の上に出るのが好きだった。焼線材を積んで来た艀の上で、クレーンが、ワイヤロープを下す場所を狙うようにして止まる。その瞬間、深は、自分が隅田川の一景物になってしまったような感じになるのだった。カラになった下りの艀がひどく大きな図体で清州橋の下に吸いこまれてゆく。自分が一緒に流されていても不思議ではなかった。橋柱が静物のような鮮やかさで眼の前にあった。橋上の人も車も動きを止めていた。深には覚えがあった。長い栄養失調の果て、仏印ドンダンの野戦病院で、深は、硝子窓にはりついたヤモリを眺め続けてあきなかった。色も形も、まことに鮮やかなそのヤモリの姿だった。深はその時の静謐さを丹念に思い出すことが出来た。

そうして一時、頭の真上で、クレーンの動輪が動きはじめる。ヒュルヒュルという音が聞えると、その瞬間は終るのだった。山本が薄板の山の上で、ウィンチマンに、合図の手首を回していた。

焼線材の看貫というのは可成り大雑把な仕事だった。便宜的にクレーン秤と呼ばれているものがあった。それは、箱型の、横五十センチ、縦三十センチばかりの鉄製のもので、縦巾の真中あたりに十センチ巾程の秤窓があけてあって、中にはめこまれた秤杆の分銅を左右に動かして目盛りを読む。そして、そんな仕掛けのクレーンの秤は、頭部の鈎でクレーンの鈎に吊られ、底の鈎で、焼線材を巻き上げるワイヤロープを吊し、秤窓のすぐ下の鈎に、看貫屋を乗せる鉄製の腰掛様のものを掛けるようになっていた。

深が、川の上での一瞬を堪能するのは、そんな秤の目盛を読むために、クレーンに吊り上げられてのことだった。

例えば、ワイヤロープに通されていなかった線材の束が、他の束に挟まれて巻き上げられ、クレーンが陸《おか》の方に首を振る時、揺り落されたりすることがある。そんな時、秤も腰掛けもはね上がるようにして揺れる。というような危険も無いではなかったが、仕事は、艀から線材を巻き上げ、深が目盛りを大きな声で読んで、山本がその目方を控える。そして、下で待っているトラックに降ろす。それだけのことだった。仕事の単純なことも深の気に入っていた。

しかし、このS運輸の仕事は、吉川と吉川の友人で、佃島のふるくからの屑鉄屋が仕組んだものだった。

羽田界隈で、鉄条網用の有刺鉄線を専門に作っていた、軍の下請工場が、敗戦間際の爆撃で焼かれて、数百砘もの線材が、閉鎖機関の管理に移されたまま放置されていた。商売から屑鉄屋は、その当時からそのことを知っていたが、屑鉄なんどが商売になるような時代ではなく、彼自身も、食糧品や衣料品などの、手当り次第の闇商売で食いつないでいたのだった。そんな元屑鉄屋に、吉川は、倉庫が処分したりしたアメリカ軍の缶詰などを時々世話してやったりした。羽田の焼線材のことは、それを直ぐにどうにかしようというのではなく、何とはない話のついでに、屑鉄屋が吉川に洩らしたものだった。

吉川はちょいとした読みの出来る男だったし、それなりの網も張っていた。いわば、屑鉄屋もそんな吉川の網の中の一人だったのである。

一度は金物の動く時が来る。吉川は、たまたま、閉鎖機関のエライさんに親しくしている男がいたので、それ程はっきりした話としてではなかったが、その節は宜敷く頼むと、早々に意を通じておいたのだった。

朝鮮戦争のあおりで金物相場が動きはじめていた。吉川は、そのエライさんの仲介で、屑鉄屋と二人して、羽田焼線材の担当者を手なづけたという次第だった。

閉鎖機関というのは、早く云えば倉庫番みたいなものである。GHQの命令で、接収・凍結された、旧軍関係その他の資産や物資を管理するのがその仕事だった。閉鎖機関の役人達は、そんな仕事の性格からしても、全くルーズだった。担当者は、話が持ちこまれた時、その線材の数量どころか、所在すらはっきり知らない有様だった。

ナレアイはすぐ成立した。閉鎖機関は、一応の運送業者の重量証明でその線材を売り渡すことにした。吉川の頭にはS運輸があった。

所内での、入札と入札告示の手続きはあったが、当然あるべき入札公示はなかった。入札日を知っていたのは佃島の屑鉄屋だけだった。屑鉄屋は、前もって通じておいたとおり、市価より大分安い単価で、それらの線材を引取ることになった。そして更に、吉川は目方のケコミを考えていたのだった。例によって、深と山本が呼ばれた。

そんな事情を知るはずもない岡田は、吉川がS運輸での、その線材計量の仕事を持って来た時、吉川の、「深にもそろそろ固いものを覚えさせたらどうだろう」というすすめに直ぐ乗ったのだった。岡田は、そんなふうにして吉川をつっておくつもりでもあったのだろうが、特に利害関係の露にならないようなことでは、機嫌よく吉川の云うことを聞くようにしていたし、それに、深には少し眼をつけていて、早いとこ組での働き手にもなってもらいたかった。それには万遍なく仕事を覚えてもらわなければならない。深は豊州の三菱倉庫から呼び戻されて、S運輸に行くことになった。

山本は、もう一週間近くも前から、薄板のタリーでS運輸に通っていた。薄板のタリーは急ぐ仕事でもなかったし、ただ一山々々の枚数を数えるだけのことだったから、その合間に、深が読みあげる線材の目方をタリーシートに記入すればよかった。

何も知らぬ岡田がいい面の皮の話だった。

朝から十何台目かのトラックが出て行った。深は煙草が吸いたくなって秤から下りた。山本がウィンチマンと艀の連中に一服しようと伝えた。

「焼線材って、いまどれくらいの相場なんだろう」

深は山本にたずねてみたが、山本もよくは知らないようだった。しかし、山本は、吉川のことだから、決して悪いようにはしないはずだ、と云った。山本は吉川を信頼しきっていた。

八月、真昼の金物置場は釜の中のように暑かった。深は急に泳ぎたくなった。その頃までは、隅田川は決してきれいではなかったが、まだ、泳げない程には汚れていなかった。深は久しぶりに水に入った。水の中では、無理に泳ごうとさえしなければ、ゆっくりした流れに乗って可成り自由な感じだった。泳ぐのはほんとうに久しぶりのことだった。

仏印で捕虜になっていた時、深達は、ホンゲイ近くをジャンクで移動したことがある。やはり真夏のことだった。深は、病気あがりの体力の衰えも考えずに、そのジャンクから飛びこんで溺れそうになったのだった。

あの時溺れてしまっていたら——深は、そんなことを考えながら、ゆっくり流されるようにして泳いでいた。何時の間にか清州橋の下まで来ていた。深は、そんなふうにして、橋を下から見るのははじめてのことだった。橋の裏側は埃で蔽われていた。それはちょっとした驚きだった。そこでも時は一様に経過していた。死ななかったことも、生きて帰って来たことも、死んだ連中のことも、今となっては、またそんなものかもしれない。深はふとそう思った。それは、一種のやすらぎにも似た感じだった。橋の下に入って来た曳き船のエンジンの音が急に大きくなった。

吉川は、線材の荷役が始まると、店を休んで蠣殻町の検量屋につめかけていた。そこにはトラックのボディーごと目方を計る装置があった。大きな台秤で、最初、カラのトラックを計り、次に荷を積んだまま計る。計りの差が積荷の重さだった。吉川は、そこで、検量屋がサインした重量証明を添付して、佃島の屑鉄屋名義の送状を作った。

深達は艀次第で五砽から十砽くらいのケコミをやっていた。吉川は、S運輸の伝票と比べながら、深達の、まずくはないシゴト運びに満足していた。

間に雨の日などもあって、作業は十日目の昼過ぎに終った。S運輸が閉鎖機関に報告した数字は、蠣殼町の検量屋の実際の数字より、五十砽近くも少なくなっていた。

その夜、吉川は、鉄砲州の小じんまりした鰻屋の二階で深達を待っていた。室に上がって来た二人を見ると、吉川は「とっときな」と云って、可成りぶ厚い新聞包を無造作に抛ってよこした。

テーブルの上には、料理の準備が出来ていた。吉川の家ではじめて飲んだ時とはこと違い、相当豪華なもので、白焼の筏やフグ作りの刺身が、多分、佃島の屑鉄屋も来ることになっているらしく、四人分揃えてあった。吉川は浴衣に着替えて床柱に背をもたせていた。吉川は、室の入口近くに坐ったままの深達に、またあらためて「とっときな」と団扇をふった。

深はいやなことになったと思った。もともと他人《ひと》と一緒にメシを食うのが好きでなかったし、そんなことで、シゴト以上に、その上佃島とまで、深間に入りこむのがいやだった。

深は、自分の分を雑ノーに蔵うと、ひどく無愛想とは思ったが、「お世話になりました」と云って立った。山本が驚いたように深を見た。

「そんなに急ぐことはねえだろう、メシぐらい食ってけよ」

吉川は、自分の隣の坐布団をたたいて深をひきとめた。

吉川は、深が、吉川のところで、いつか啖呵を切るような口調で山本を黙らせて以来、何かことを謀む時には必らず深に声をかけていた。深は、そんな仕事で、決してヘマを仕出かすことはなかったし、迂濶に口をすべらしたりすることもなかった。そんな面では、吉川は全面的に深を信頼していた。しかし、例えばシゴトの分け前のことで云えば、深は、それまで一度も不満らしいことを云ったことはなかったかわりに、それ程嬉しそうな素振りを見せたこともなかった。大抵の者は、一度一緒にシゴトをすると、山本が吉川を信用していると云ったように、吉川の手のうちの者となっていた。深は吉川が嫌いではなかったし、かえって、達者な男だと好感すら持っていた。ただ、深は、吉川に限ったことではなく、人との結びつきでは、云わば淡白だった。端的な関係以上に対手となじもうとしなかったのだった。

吉川は、そんな深が、不安というのではなかったけれども、どうにも気持ちの坐りが悪かった。吉川が、すぐ立とうとした深を呼びとめたのも、そんな落着きの悪さに、ついこだわってからのことだったのである。

吉川は二人にビールを注いだ。

佃島の屑鉄屋が、如何にも商売人らしい、如才のない顔付きで入って来た時、吉川は、

「深、立会って商売もまんざらじゃないだろう。今時いっぱしの学校出たって、そりゃちゃんとした月給取りかもしんないけど、とてもこんな収入《みい》りにならねえぜ」

と、それらしく鷹揚に笑ってみせた。

深は、そんな吉川の格好づくりがちょっとおかしかったが、云われてみれば、全くそうだとも思った。結構、メシには不自由しなかったし、自分のことも他人のことも、思いわずらうことはなかった。その日が終ればそれでよかった。このまま過せたら幸せというものかもしれない。深は一息にビールをあけた。

佃島がぱたぱたと団扇をつかっていた。


深が帰った時、節はまだおきていた。

「おそかったですね。ご飯は済んだんですか」

節はすぐお茶をいれに立った。右足がすこしびっこをひいていた。

上京して間もない頃、深は、たまたま遊びに行った新宿で節と出会ったのだった。深は、大久保寄りのガード際で、電柱の蔭にかくれるようにして蹲まっている節を見つけた。節は担ぎ屋をやっていた。その日は丁度、新宿駅で闇米担ぎ屋の取締りがあって、節は、荷物は抛り出してかろうじて逃げおうせはしたものの、ガード下への坂道で、ひどく転んで動けなくなっていたのである。

声をかけた深を、節はおびえたような眼つきで見上げた。呟くように、「お願いします」と云ってまた下を向いた。深を何かと間違えて、見逃してくれということのようだった。深はちょっと迷った。そのまま通り過ぎてしまっても構わなかったし、大した怪我でもないのなら、人目の少ない所まで連れて行ってやってもいい。結局は、はじめに声をかけた勢いというものだった。深は節を助け起した。ところが、節は、深の軽卒なかかわりあいとはこと違って、右足の足首をひどく捻挫していて、何とか立てても、とても歩けそうにはなかったのである。悔んでも間に合わなかった。深は、節を背負わなければならなかった。

節は、家は中野駅のそばだと云った。しかし、新宿駅では、暫くは取締りが続きそうだった。

深は節を背負って行くことにした。途中で、節は何度か、もういいからと、下ろしてくれるように頼んだ。節にしてみれば、それは、誠に申し訳なくもあったが、不安なことでもあった。全く見ず知らずの男が、自分を背負って、しかも中野まで送ってくれようとしている。下心があるのだったら、それはもう一つの災難だったし、ないのだったら、それはそれで、何とも合点のゆかぬ、気味の悪いことだった。

深は小滝橋から昭和通りへ出てゆっくり歩いて行った。中野までどれくらいの距離があるのかはよく分らなかった。しかし、歩くことだったら、十粁や二十粁なら大したことではなかった。深は野戦帰りだった。

深は揺れるようにして歩いた。ゆっくり、足許に眼を落して、それは大きな峠を越えた時の歩調だった。それでも、一里を歩くのに一時間はかからない。深は、そんな計算をしてみながら、何時の間にか行軍間のことを思い出していた。枯れた砂糖黍を嚙んで兵隊達は広西の夜道を急いでいた。

道は少しづつ上りになっていた。肩を揺すって、少し前屈みになった深に、節はどうやら観念したようだった。小さな声で、「済みません」と云うと、それまで硬くしていた体からそっと力を抜いた。

節の家は、中野駅北口マーケット街から、ちょっと奥まったところにあった。戦災を受けなかった一画で、畳屋をやっていたのか、入口の、板張りの仕事場の隅には、四〜五枚の畳の台が立てかけてあった。深は、もう薄暗くなりかけている家の中を、手探りするようにして居間の電燈をつけた。部屋はきちんと片着けられていた。世帯道具らしいものはあまり見当らなかったが、奥の方には何やら人の気配があった。深は、足首の簡単な手当てを済ますと、節がそう云って引き留めるのもかまわずすぐ帰った。深にはそれ以上何かしてやれそうなこともなかったし、あったとしても、そのつもりはなかったからだった。

深が、その、節のところで寝泊りするようになったのは、岡田の店で働くようになって暫くしてからのことである。

節は、髪を短かく刈りこんで、日焼けした深の顔を暫く怪訝そうに見つめていた。咄嗟に思い出せないのも無理はなかった。あの日、深はまだ髪を長くしていたし、それに節は殆ど深の背中しか見ていなかったのだった。足首の手当てをしてもらった時は、痛さを我慢しているのが精一ぱいだった。深は笑いながら、手を後に回して人を背負う真似をしてみせた。短かい声を立てて、節は見る間に顔を真赤にした。

「あの時の……」

節は板張りの上にへたりこむようにして坐った。泣き出しそうな顔だった。まだお礼の一言も云っていなかった。節は、深のことを待ち続けていたのだった。

その「あの時」から、もう半年近くも経っていた。深も、節のことが気にならないではなかった。怪我の工合からすると、節は身の回りの始末も不自由だったろうし、深の手当てもいい加減なものだった。深は何度かそう思いながらも、結局は訪ねずじまいになっていた。訪ねて行って、ひどく気を使われるだろうことが面倒でもあったからである。

そんな深が節のところを訪ねる気になったのは、例の、ヨロクの処分を頼もうと思ってのことだった。深は、いつもながら吉川と組んで、アメリカ軍のコンデンスミルクをヨロクしていた。八ポンド罐六ケ入りの段ボールケースは抜き取ってみると、荷役現場で見た感じとは様変りして大きなものだった。深はその処分に迷って、というのは、吉川に頼めば造作もないことだったろうが、それがいやで、節のことを思い出したのだった。

浜園町以来、吉川と深はよくシゴトをした。吉川がシゴトの狙いをつけ、深が何となくやりおおせてきた。しかし深には、自分が吉川に世話になっているという意識はなかった。深にはそれはどうでもよいことだったのである。シゴトが続いていたのは、こと改めて断るほどのことでもないと思っていたからに過ぎない。深はそれ以上吉川とのことに深入りするつもりはなかった。

深は吉川に頼むのがいやだった。

何か特別の事情がない限り、節は担ぎ屋を続けている筈だった。ミルクはアメリカ軍のものだったし、対手構わず買手を探すというわけにはゆかないものだった。

深は、やっと節のところを訪ねる云訳が出来たように思った。それに、頼みごとの話さえしていればいい。

しかし、そんな深の思惑とは関係なしに、節は深のことを待っていたのだった。

「どうして、もっと早く来て下さらなかったのですか」

節は、深の手をとるようにして居間へ上げた。部屋の中は、深が節を背負って来た日と同じようにきちんと片着いていた。

「ほんとにあの時はお世話になりました」

お茶をいれると、節は更めてお礼を云った。深は、照れくさい思いだった。あの時、深は、それ程節を助けてやろうと思ったのではなかった。云うなれば、ゆきがかり以上のものではなかったのである。深は返事に困った。

しかし、節の方の事情としては、節自身がそうして助けてもらったというだけのことではなかった。節は中風の父親をかかえていた。あの時、もし節が帰れなくなっていたら、誰も、寝たきりの病人の面倒を見る者が居なくなっていたということでもあった。

節は、襖をへだてて奥で寝ている父親のところに、深が来たということを知らせに行った。病人の、何か唸っているような声が一しきり聞こえた。


「どうして、もう少し早く来てくれなかったんですか」

節の言葉づかいには、はじめにそう云った時とは何処か違う響きがあった。深は、あの日、小滝橋を過ぎて暫くした所で、節が急に体の力を抜いたことを思い出した。深の首筋あたりに、節のなま暖かい気配があった。深は、やはりもっと早く来ておればよかった、と思った。

節は少し顔を染めていた。

節は、ミルクのことを頼んで帰ろうとした深を、遮二無二ひきとめたのだった。それでは節の気持ちがおさまらない。節は出来るだけの歓待をしようとしたのだった。何かの時にととってあった配給の二級酒があった。ほかに何という程のものもなかったけれど、それは節の気持ちだった。節は、深に酒を注いでやりながら、自分でも少しづつ飲んでいたのだった。

「雪の下って、ほんとに捻挫なんかに効くんですか」

節の眼が光っていた。

深は、節の足首の手当てに、節の家の玄関脇に残っていた雪の下を煎じ出して、その汁で湿布をしてやったのだった。節は、その後も半月ばかり、痛みがとれるまで、そうやって湿布を続けたということだった。

雪の下のことは、咄嗟に、そうかと思っただけのことだった。

深は、兵隊に行く時、まだ生きていた祖母が、戦地で怪我をして、つける薬もないような時には、どんな草の葉でも木の葉でもいいから、煎じ出して傷や打身に当てるようにと、教えてくれたことを話した。それがほんとに効くものかどうかは分らなかった。それは、そうすることで怪我の手当てをほうっておくよりはましだったろうし、気の持ちようのことだったのかもしれない。祖母の心遣いは、戦地では終に試されることがなかった替りに、節の捻挫の手当てに応用されたのだった。

深は笑いながらそう云った。

「最初からそんなふうに話しておいて下されば、足首も元通りに治っていたかもしれないのに」

節の足首は少し曲ったまま、治りきってはいなかった。それはもうきれいに治ることはないのかもしれない。しかし、節は深の話を聞いてひどく喜んでいた。

丸顔で、笑うと左の方の眼が少し細くなる。顔の真中にとんがりめの鼻があった。敗戦後間もなく、父親が寝こむようになってから、節は、闇市の屋台で働いたり、担ぎ屋をやったりして、夢中になって暮して来た。人が訪ねて来て、家内が賑やかになったりすることは滅多になかった。

節は可成り陽気になっていた。節は、自分とはまた違う臭いのする深の話を、いつまでも聞きやめようとはしなかった。

その晩、深はとうとう節のところに泊まってしまった。寄宿していた、川崎の知人の家まで帰るのが億劫になっていたし、節も泊まるようにすすめたのだった。

こうして、お互い深にも節にも便利な共同生活が始まったのである。深がヨロクを運び、節がそれを捌いた。米があり、メリケン粉があり、時にはキューバ糖なんかもあった。節は一頃のようには、買出しに出掛けなくて済むようになった。そしてそんな日には、中野の駅まで、節は深をむかえに出るようになった。

節は襟足のきれいな女だった。駅からの帰り道、時々、節はもたれかかるようにして深の腕をとることがあった。びっこの足がかえって深の気持ちをそそった。誰の目にも二人は若い夫婦だった。

深はその晩、吉川に貰った時のままの新聞包みを節に渡した。深の逡巡を物語るかのように、包みの角がすれていた。いずれ渡さなければならないと思いながら、つい渡しそびれていたのである。深は、その新聞包みを渡す日が、節との最後の日だと決めていたのだった。

「どうしたのですか、これ」

節は中身を確かめてみようともせずたずねた。

「これまでの食費にでもしておいて下さい」

深の言葉づかいがあらたまっていた。

節は泣き出しそうな顔をして深を見た。節には、それまでの生活費のことなど問題ではなかったし、ヨロクを処分したものだけでも十分だったのである。節は、深が出て行こうとしていることが分った。節は顔を上げようとしなかった。

節は心の優しい女だった。

深が泊まるようになってから、時々襖の向こうの病人がわざとらしいうめき声を立てることがあった。そんな時、節は、深の体の下で小さくなって済まながった。

深は、そんな節にひかれてゆく自分がよく分った。それまで、深は仕事のことが気になるようなことはなかった。それが、いつの間にか、吉川を頼りにしようとする気持ちが動いていたし、そうでない時もヨロクの多そうな荷役場を当てにするようにもなっていた。いいことではなかった。深は、長居をしすぎたと思いはじめていたのだった。

口を開いたのは節の方だった。

「どうしてですか」

節は男運のいい方ではなかった。前にも、家業の畳職をついでもらう筈だった男がいたらしいが、その男は、父親が発病すると間もなく居なくなった。それは悲しくはあったが納得出来ないことではなかった。しかし、深のことは分らなかった。

「どうしてですか」

節は繰返したずねた。

深は返事をしなかった。話のしようがなかったのである。全ては深の勝手なことだったし、それは仕方のないことだった。

その晩、深は節のところを出た。

東海汽船の桟橋と日冷の大きな冷蔵倉庫にはさまれた艀溜りから、深は、同じ船に行く沖仲仕達と一緒にタグボートに乗りこんだ。沖仲仕達は、物が、芝浦には滅多に回って来ないキューバ糖だったので少しざわついていた。

一万砘クラスの外航船は、水深のない芝浦港にはあまり寄りつこうとしない。前の晩、三号ブイに繋留されたアルバトロス号も、大阪で四千砘ばかりの積荷を下ろして、残りは横浜港揚げの予定だったが、横浜港はアメリカ軍関係の輸送が輻湊《ふくそう》していて、バースもとれず、東京まで回せるような艀も残っておらず、急遽芝浦港に入って来たのだった。

そんな事情があって、岡田の店にも、江戸橋の乾倉庫まで、その回漕を請負ったK港運から、五人の立会を回してくれるよう急な依頼があった。吉川と深と、その他に三人居合せた者が行くことになった。

深は芝浦ははじめてだったし、勿論、沖どりもはじめてのことだった。

艀溜りを出ると、東京湾の一番奥とはいえ強い潮のにおいだった。少し風があって、タグボートは可成り揺れながら沖へ出た。岸からはすぐ近くに見えても、海の上でははるかに距離があるものである。アルバトロス号は相当沖に繋《もや》っていた。

タグボートが沖に進むに従って、沿岸の景色が動く。それは時々、びっくりするような動き方をしたりする。冷蔵倉庫の蔭から、突然浜離宮の岸が現れると、もうそのすぐ先は築地の河岸だった。そしてその更に奥の方には、勝鬨橋が小さな弧を画いて掛かっていた。対岸には、造船所の大きなクレーンがつっ立っていて、その鶴の嘴のようなアームがゆっくり回るように動いていた。パノラマのような眺めだった。

深達は大小様々な船の間を縫って進んだ。

「お前、芝浦ははじめてだな」

周りの光景に気をとられていた深に吉川が声をかけた。

「はい、そうです」

「それじゃ、沖どりもはじめてってわけか」

岡田のところは、店が小さかったので、あまり沖どりの仕事は回って来なかった。ついでに云っておけば、立会商売にもそれなりにランクがあったのである。チェッカーというのは、この沖どりを主な仕事場にしている検数員の呼称であって、河岸っ縁のマン棒とりとは、商売仲間では少し位が違っていた。岡田の店で沖どりを知っていたのは、吉川だけだったかもしれない。波の音の合間々々に、吉川は、二〜三その沖どりの注意をしてくれた。キューバ糖は荷姿が大きいから、数え違いはまずないということと、数えるところを何処か一カ所定めておいたがいいということだった。それも、理由は云わなかったが、ハッチの中で積みつけをしている時数えるより、キューバ糖の麻袋を巻いたウィンチが舷側を越えて、艀の上で一旦止まるその時がいいということだった。

タグボートは三千屯くらいの黒い船の尻を回った。荷役中の材木船だった。ワイヤーで括られた大きな材木が船舷を辷って海に落された。海面には角材を浮かした囲いが作ってあって、その上を二～三人の男が、長い柄の鈎を持ってゆっくり歩いていた。

アルバトロス号は眼の前だった。大きな船だった。掘割では我物顔をしている艀が、片舷だけで五艘も接舷しようとしていた。


深はふと田舎の港町のことを思い出していた。そこにも貯木場があった。ガキ大将だった頃、そこは深の縄張りだった。深の町からは少し離れていて、それは半島の突端にある港だったが、夏になるといつも、深はその港町に出掛けて行って家には帰らなかった。

港の一隅を、やはり同じように角材で囲いがしてあって囲いの中には大きな丸木が浮かしてあった。それは船の出入りに従って増えたり減ったりした。港の人達の話だと、それらの木材は、南洋から筏を組んで曳かれてくるのだということだった。

いつも、黒い船体の鋼船がゆっくり港を出て行った。南洋へ行くのかもしれない。そんな時、深はしきりに船員になりたいと思った。遠い夏のことだった。

タグボートがタラップの下に着いていた。

深は吉川の後について船の様子を見て回った。ブリッジを挟んで、舳《へ》の方に二つ、艫《とも》の方に三つのハッチがあってそれらのハッチには夫々両サイドのウィンチがついていた。ニンソク達が一斉にハッチの蓋をめくりはじめると、ウィンチがその蓋を吊下げて船側の方へと運んだ。醗酵したむせかえるような砂糖のにおいが上って来た。ツィンデッキの奥には破れた麻袋が散らかったままだった。

「ひどい船だなこの船は。とりたい放題とってやがる」

ハッチの中を覗きこんでいた吉川が驚いたように声を立てた。

荷揚げ港が幾つかに分れている時は、ハッチの中は通常港別の仕切りがつけられていて、その仕切りを守るのが港間での仁義である。それが、アルバトロス号のハッチは、とり易いところだけが滅茶苦茶に掘られていて、デッキの下には、砂糖麻袋の山が今にも落ちそうになって傾いていた。

ニンソク達が危なっかしそうにハッチの中に下りていった。

荷受けの方の準備も進んでいた。艀がハッチの真下について、その艀に向けて船舷から網が張られた。荷役中、スリングからすべったりした麻袋が海に落ちない用心にである。艀の底では、ニンソク達が舷側の方を見上げて、荷役のはじまるのを待っていた。

深達がその仕事を頼まれたK港運の艀は、三番ハッチの沖寄りと、四番、五番の両サイドについていた。三日間で一万袋、約千五百瓲分を、江戸橋の乾倉庫まで運ぶ予定だった。深の受持ちは三番ハッチの艀だった。

ニンソク達がデッキの奥に入って、傾いた麻袋の山を崩しにかかった。仕事がはじまったのだった。

キューバ糖麻袋一袋の重さは大体百五十キロである。それは、そのキューバ糖を担いで、ハイ山の隙間を跨いだニンソクの股が裂けた、という話がある程の代物である。しかも、袋が破れるからということで、キューバ糖の荷役には普通の手鈎は使えなかった。百五十キロのものを素手で扱うのは一仕事である。大方のニンソク達は、その麻袋のミミを把って動かそうとしていたが、足場がちょっと悪かったりすると、さしもの沖仲仕達も、その重さに腰が泳いでサマにならないことがあった。にも拘らずこのキューバ糖の荷役は、それまで深が見て来た、沿岸の丁寧な荷役とは違って、全く素気ないものだった。畚《ふご》も使わず、それはその上に積みあげられた麻袋を、マニラ麻のロープ一本で巻上げるだけのことだった。一つのスリングに七袋から八袋。ロープの一方の端を、他の端の、そのように作られた輪になっているところに通して、ウィンチの鈎に掛ける。八袋で一屯二百の重さがある。ウィンチが巻かれると、スリングは自分の重さでしまる。絞られるロープが音を立てて紫色の煙をあげる。スリングがゆらりと浮き上がる。マニラ麻のロープは、気にする程弱くもなく、麻袋がスリングからすべり落ちるようなことも滅多になかった。見かけと違ってそれは最も要を得た荷役の仕方だったのである。ニンソク達は、巻きあげられたスリングのすぐその下で次の仕事にとりかかっていた。

深は、眼の前を動いていくスリングを追った。スリングは舷側を越え、艀の上で下ろす場所を確かめるように止まった。八袋。深はタリーシートに八袋と書きこんだ。

次のスリングでは、下になっている袋が二つ急に巻きあげられたため、胴中から真二つに割れて、ハッチには砂糖の雨が降った。ニンソク達がクモの子を散らすように逃げた。砂糖のにおいが煙のように広がった。

九袋。ブロークン二。深は破袋の数は赤鉛筆で書きこんだ。

こうして、スリングの合間を縫って、荷粉屋がこぼれた砂糖を掃き集め、スリングがハッチを抜けては舷側を越えた。一巻きに大体七袋から九袋、同じ数のスリングが何回も続くことがあった。確かに吉川が云っていたように、ハッチの中で数えると、どうしても視線はスリングの後を追うし、そうしているうちにその数をタリーシートに書きこんだかどうか、分らなくなることがあった。また時には、ロープのしまりが悪くて、一度巻きあげたスリングを下ろして、積みつけの悪い麻袋をはねたりした。数のチェックは、やはり艀の上あたりでが一番たしかだった。

そんな繰返しが続き、はじめての沖どりという緊張もとけて午前中の仕事が終った。正袋三七九、ブロークン五、海没一、以上が深のタリーシートの小計だった。

車の出入りや荷役のゴミでいつもがさつな埠頭の様子も、沖からは遠見になって落着きのあるいい眺めだった。岸壁が一直線に陸《おか》と海を分けていた。ビルのような倉庫の屋上からは、移動ウィンチが長いワイヤロープを垂らし、幾棟も並んだ平家作りの倉庫が、入口の扉を揃って開け放っていて、その並びの端に、穀物用のクレーンが真直ぐに頭を立てていた。背後に木立ちらしいものも見当らない芝浦港のそんな直線風景は、深にはちょっと珍しいものだった。岸壁には小型貨物船が五～六隻点々と接岸していた。昼になって、港は一斉に仕事を休んでいるような気配だった。

「何してんだ、ぼんやりして」

吉川だった。

「はあ、海からの港の景色って、あまり見たことがないものですから——。あれは何ですか」

港の端の方に、高い煙突と櫓《やぐら》みたいなもののついた、いかつい姿の船が繋がれていた。

それはドレッジャーだった。沖の方からだと、櫓の蔭でシャベルが見えなかったけれど、そのドレッジャーには大きなシャベルがついていてそれで海底の泥を渫《さら》いあげる。渫いあげられた泥は、泥船が、埋立予定地か沖へ運んで捨てる。芝浦は隅田川の泥ですぐ浅くなるから、年中そんなドブ渫いをしなければならなかった。吉川は丁寧にそう説明してくれた。

そのドレッジャーを遮るようにして、小さなタグボートが、満船で船縁すれすれまで沈んだ艀を五艘も曳っ張っていった。小さな見かけによらずタグボートは力が強くて、一万屯程度の船だったら、ただの一隻で曳いたり押したりすることが出来る。吉川も、深と並んで、そんな港の光景を暫くの間眺めていた。そして、ふと、

「この船、どうもおかしいんじゃないか」

と呟くように云った。

吉川の意見だと、外国船のデリバリーというのはひどくうるさくて、船会社のエージェントか、そのエージェントに傭われた立会が必ず現場には居るということだった。そして、数のつ

き合せから、破袋、サワテの状態まで、一々こまかくチェックするのだそうだが、アルバトロス号には、それらしい者は一人も見当らないということだった。そんなことは吉川の経験にもないことらしかった。

「とに角、この船はおかしいよ」

そう云うと、吉川は舷側から首をのばして唾を吐いた。それはゆっくり海面まで落ちていった。そしてそれが海面に届くのを見とどけると、吉川はまた唾を吐いた。吉川はその長年のカンから何か嗅ぎつけようとしているみたいだった。

「そう云えば、さっきウィンチの工合を見に来た船員が、タリーシートをつっ突いて手を振ったりしてましたよ」

「そうかい。俺、今夜にでもK港運の奴に探りを入れてみるわ。何か面白いことあるかもしんないから」

吉川は、十時過ぎ頃、家まで来るようにと云った。

東京湾の沖の方には、入道雲が、すっかり季節も終って小さな頭を並べていた。

深達はブリッジの方に引返した。

午前中はそんなでもなかったが、深の受持っているハッチのウィンチは重くて、ほかに比べて仕事の後れが可成り目立って来た。ウィンチマンが、流れるように油を差していたが殆ど効果はなかった。蒸汽がスムースに回らないみたいで、ウィンチは理由《わけ》もなく停まったり、急に動きだしたりした。ハッチの中から、ニンソク達が、仕事が波に乗らなくて、ウィンチマンに悪態をついてよこした。

「どうせ箱崎泊まりだし、連中には悪いけどゆっくり行くか」

深がウィンチマンに声をかけた。ウィンチマンも諦めたように、手を振って合図を返した。そんな塩梅で仕事はすっかり手間どり、二〜三人のニンソク達と一緒に、深が最後のスリングに乗って艀に下りた時は、もうとっくに六時は過ぎていて、ほかの艀は曳船に曳かれて出発した後だった。深達は折返しの曳船を待たなければならなかった。

昼間顔を出していた沖の入道雲は消えていて、掃きあとのような高みの雲が赤く染まっていた。

一船後れて、深達の艀が箱崎に着いた時は、あたりはもう暗くなっていた。それでも、吉川の家に行くにはまだ可成りの時間がありそうで、深は門前仲町の一膳めし屋に寄った。節のところを出てから、深は、知人の家や簡易宿泊所に泊まったりしていたが、この仲町のめし屋も、そうして寄るようになった店だった。岡田の事務所からあまり離れてはいなかったが、知った顔はなかった。小さな店で、いつも人が少なかった。

深は久しぶりにビールを頼んだ。今度もまた、吉川は一シゴト考え出すに違いない。しかし、深はそろそろ吉川とのシゴトがいやになっていたのだった。ことシゴトに関して、吉川は一つの機会も逃そうとはしなかった。前もって網を張っていることもあったし、その場で強引にやっつけることもあったが、狙った的は決して外さなかった。吉川のそんなシゴトぶりに深はようやく嫌気がさしていたのだった。節と別れてからは余計そんな感じが強くなった。

深は無精ったらしく煮魚をつっ突いていた。深は節のことを思い出していたのだった。あのまま一緒に暮していた方がよかったのかもしれない。

深はシゴトのことを決して大げさには考えてはいなかった。もっと云えばそれは何ごとでもないことだった。しかし、シゴトは、現場を人目に曝して出来ることではなかった。深は、倉庫のハイ山の蔭で奇妙な興奮に顔を火照らしたり、また、ガードの足音を気にしながら艀の底板をはがす時などはひどく惨めったらしい気分になったりした。

シゴトは、どこか深の心の隈のようにもなっていた。節は、そんな深の気持ちの襞の分る女だった。だから、ヨロクの手口など、節は決して立入ってたずねたりすることはなかった。疲れて帰った夜、節はそんな深をそっとさそったりした。

深は何度か節と一緒に暮したいと思ったことがあった。それなりの覚悟が要ることは分っていた。深は一つのバランスの中で生きて来た。深にはまだ戦場の記憶が生々しかった。戦場でのことは、ある意味では仕方のないことだったとも云える。しかし、そうだとするには深は若すぎた。深は変り身も下手だったし、したたかな生活技術も身につけてはいなかった。

それは、獣達の隠家のような、ひそかな安全地帯でもあったが、深には一つの記憶があった。長い行軍の果て、深は、敵襲を受けて、乱射される機関銃弾の下で泥のように眠っていた。襲撃が終った時、隣の兵隊が頭を砕かれて死んでいた。深には、その、頭を砕かれて血で汚れた姿が自分のものだったとしても、ちっとも不思議はなかった。それは自分のことでも戦友のことでもなかった。というよりそんな思いすら浮かばなかった。

復員以来、ことあるごとに、深はただそんな眠りを眠り続けようとして来たのだった。そうすることで、深は、戦場での他の記憶も眠らせようとしていたのだった。節と暮すことは、とりもなおさず、そんなかすかなバランスを破って、もう一度、眠らしたはずの軍靴の重さを生き直すことでもある。それでも深は、節となら一緒に暮してもいいと何度も思ったのだった。

節はそんな女だった。深はしきりに節のことを思い出していた。ビールが手つかずのままテーブルの上にあった。

十時ちょっと過ぎ、深が吉川の家へ行った時、吉川も丁度帰って来たところだった。吉川の情報だと、アルバトロス号はガリオア船ということだった。ガリオア物資といえば、後々アメリカ政府から代金請求のツケが回って来て問題になったりしたが、当時は、日本政府でも、それは、無償の戦後復興援助物資と考えられていたし、サプライヤーの方でも、適当な重量証明で、基金の方から代金は受取っていたので、輸送中の貨物の管理もいい加減だったし、デリバリーもでたらめだと噂されているものだった。

その例に洩れず、アルバトロス号も、第一港の大阪港でドラフトサーベアーをかけると、さっさとカーゴノートにサインをしてしまったのだった。ドラフトサーベアーというのは、吃水の沈み工合で積載量を確かめる方法である。恐らく、スクラップなど単価の安い、一々きちんと検量していたのでは、その方が目方の読み違えよりかえって高いものにつくような、そんな貨物類の検量方法なのだろうが相当熟練した者でも、例えば少し風が強かったり、バンカーの状態によっては、数十瓲の読み違いなんか珍しくもないものらしかった。

大阪のそのサーベアーでは総重量九千五百屯、陸揚げした分が四千五百屯、残り五千屯が芝浦港へ回漕されて来たことになるが、アルバトロス号としては、芝浦へ何屯回して来ようと、もう手仕舞は済んだも同然のことだったのである。吉川が、おかしいと云っていた、船側の立会が立たなかった理由である。荷受人の食糧庁としても、ガリオア物資のことだから、送状の数量と実際の受荷の数量の違いは、それ程気にしているフシもなく、自分の責任である、配給ルートに乗せる数字さえ確かめておけば、それで十分だと考えているようだったし、食糧庁が、その指定の検数業者にたまたま人手が不足していて、K港運が岡田の店を紹介した時、大して難しいことも云わず採用してくれたのも、そういう事情からのことだった。

シゴトの条件は揃っていた。

更に、アルバトロス号の事情について、吉川は、パナマ船籍、戦時型標準貨物船など、驚く程詳しく調べて来ていた。二〜三心当りの船頭も居るらしかった。

そして、吉川は、

「お前にその気があるなら、これから船頭に渡りをつけて来る」

と云って立った。

川風に裸電球が揺れていた。深は黙っていた。吉川とのことに嫌気がさしていたからといって、ほかにすることもなかった。結局、深は吉川を待つ以外になかった。

深が受持っていた三番ハッチには第二佃丸がついた。吉川が渡りをつけておいた船頭の艀だった。ところが吉川はその日のうちに砂糖の引きとり手を探しておかなければならなかったので、店には無断で仕事を休んでいた。他の者にすれば全く急な事態で、人手の補充は出来そうになく、荷役は、誰かが一人で二つのウィンチを見なければならなくなった。誰もそんな経験のある者はいなかったし吉川に次いで古株の男は仕事の宰領など出来そうにもなかった。誰が二つのウィンチを見るかで、仕事前の一時、岡田組はなかなか話が纏まらなかった。結局、深がその役割りを引受けることになって、三番ハッチの、それまで深が見ていたウィンチと同じサイドの四番のウィンチも見ることになった。皆ほっとしたように受持ちのウィンチについた。深はブリッジに上った。ブリッジからだと、三番、四番とよく見通しが利いた。しかしその仕事は、最初から予想していたとおり、実際にとりかかってみると、皆が大そうにいやがっていた程には難しいものではなく、ただ、スリングの数を数える手間がダブルだけのことだったた。それも、ハッチが深くなっていたこともあって、なおさらスリングの動きに追い回されるようなことはなかった。

深は丹念にタリーシートを埋めていった。四番ハッチの片番を受持った男が、時々ブリッジの方を見上げては深に手を振ってよこしたりした。荷役は、三番ハッチの重いウィンチを除いて順調に進んでいた。

ところで、アルバトロス号での、そんな仕事の段取りのづけ方も、前の晩、吉川と深の間では打合せ済みのことだったのである。そして更に吉川は、第二佃丸は、荷取りが終ったら、艀の溜り場である箱崎には寄らず、真直ぐ江戸橋の方へ行くように云っていた。江戸橋では荷役が始まっていたから、艀の一艘くらいが余計に出入りしても、大して怪しまれるようなことはなかったし、夜の見張りも、倉庫番が時々回って来て、陸の方から一わたり辺りを見回すだけのことだった。それに比べて箱崎の方は、欠荷になったり、荷役の後れた艀が遅くまで入って来たりして、ガードが立つこともあったし、抜けがけをやっかんでの、船頭仲間の相互看視みたいな空気もあったからである。

三番ハッチのウィンチは停まってしまうようなことはなかったが、相変らず調子は出なかった。深は適当なスリングから一袋づつ抜いた。スリングごととばしてしまわなかったのは、線材の時のクセからだった。

アルバトロス号でのシゴトは打合せどおり運んだ。店の他の連中が深にすまなさそうに声をかけて上がり、三番ハッチも十四〜五巻き後れて上がった。深が艀に下りた時はもう辺りはうす暗くなり始めていた。屋根板をかぶせ、その上にカンバスシートを張って、ロープを掛ける。船頭は手際よくことを運んでいった。迎えに来た小蒸汽に、深はシールのパンチがあるからと云って移らなかった。泊りになる艀には、盗難防止のためシールをつけることになっていた。艀に掛けられたロープは、括り目が舳と艫に二ヶ所づつあって、都合その四ヶ所にシールを巻きつけてパンチを入れなければならない。シールは十円玉程の、三ミリくらいの厚さの鉛玉で、その厚みのところに針金を通す孔があけてある。ロープの括り目に巻きつけた針金を、その孔に通してパンチを入れる。すると、鉛玉がつぶれて、パンチに刻んであるK港運の印型がその両面に圧出される。

実際には、深達の沿岸荷役の経験からすると、荷役はじめにシールを確かめたりすることは殆どなかったので、そんな用心も要らないことだったけれど、深は、まさかのために、三つのシールをしめて、艫の方の残りの一つにも、それは江戸橋で解かれる筈の結び目だったが、刻印がうすくついて、針金が抜ける程度のパンチは入れておいた。

深は艀の屋根に上がって腰を下ろした。風に乗って、遠くの人声らしいざわめきが聞えてきた。いつの間にか、船頭が隣に来て坐っていた。静かになったアルバトロス号を背中にして、二人は黙って煙草を喫った。月島あたりはもう暗くなっていて、造船所のクレーンのてっぺんに赤い標識灯がついた。

「あんなところにひっかかる飛行機もあるまいじゃないか」

船頭は何やら深に話しかけたい様子だったが、深は返事をしなかった。

深は、吉川とのシゴトは今度っきりにしたいと思った。そして岡田の店もやめようと思った。吉川のこともそろそろ鼻につきはじめていたが、深は昨夜からのことを思い返していた。シゴトの垢が身につきすぎた感じだった。自分の気持ちとは関係なしに、深はすっかりシゴトの手口に慣れていたのだった。引き潮に乗って、艀の黒い影が下って行った。曳き船はなかなかやって来なかった。

深が店に着いた時はもう八時を過ぎていた。深は江戸橋近くで艀を下りた。日本橋川に入ると曳き船は時間だといって帰って行った。遅くなるのは深にもまずいことだったが、艀は棹を使わなければならなくなった。棹を肩口に当て、船頭は舳から艫へとゆっくり歩いた。そうして江戸橋近くになって、吉川がよこしたボートと会ったのだった。ボートの男の話では、シゴトは江戸橋でもやばいということで、予定を変えて金山橋に回ることになった。深にもその橋際の貸ボート屋まで来てくれということだった。深はシールパンチを店に返すため、その場で艀を下りた。

店では岡田が一人で何か調べものをしていた。晩酌の後らしく機嫌がよかった。「ウィンチ二つも見てくれたんだってな。疲れただろう。お茶でも飲みなよ」

深は、シールパンチとタリーシートを渡すと、岡田がついでくれたお茶をもらった。「この前からは帳簿のことでは世話になって——、そのうち何かお礼もさせてもらうから」

仕事が空いていた時、頼まれて、深は三ヶ月分くらいの伝票の整理をしてやったのだった。右左、大福帳式に書き写してゆくだけで、造作もないことだったが、どんなつもりでその仕事を深に頼んだのか、岡田のピンハネようは一目瞭然だった。お礼というのは、その口止料の意味もあったし、岡田も、深の仕事ぶりからして、本気で働いてもらうつもりにもなっているようだった。

メシでも食って行けという岡田を、深は疲れたからと断って外に出た。

「お前は何ということを——、これで店も終りだ」

深の姿を見ると、岡田は拳をふるわして殴りかかってきた。深を逮捕に来ていた刑事が中に入った。

芝浦の荷役が終って三日目の夕方、築地署の刑事が、深が仕事から帰って来るのを待っていたのだった。岡田は、キューバ糖の荷抜きがあったことを刑事の口から聞かされた。

岡田は真実、全てが終った思いだった。ただの立会風情から身を興し、他の同業者に互して、仕事もやっと回りはじめたところだった。河岸っ縁を回っていた頃のつながりなど多寡が知れていた。同業者皆同じ条件だった。そんな競争に、特に岡田組のような小さな店が生き残ってゆくには、仕事ぶりは冴えなくても、間違いだけは仕出かさないという信用が命の綱だった。荷抜きのことは、小さいながらも営々として築きあげてきた岡田組の、そんなノレンを一瞬に叩き潰してしまうものだった。

岡田の顔がひきつっていた。

「あんな人のよさそうな親方に迷惑をかけて、一体どうなってんだい」

刑事はもの慣れた口ぶりで深にたずねた。

深は返事をしなかった。

深は岡田のことは大して知らなかった。岡田とはあまり話したこともなかったし、それ程興味のある人物でもなかった。聞いていたのは山本の悪態くらいのものだった。世間並みの小心な男で、少し欲が深い程度以上の認識はなかった。今度の一件では、深は、岡田には気の毒なことになったと思った。しかしそれ以上、自分がその種を蒔いた岡田の不幸について、深は気持ちを動かされることはなかった。深は云うならその日暮しだった。深には、たとえその日常をより詳しく知ったとしても、岡田の、家業への執着ぶりは理解出来ないことだった。それは交錯することのない世界だった。或いは、まるっきり始まりもしなかったのに、終ってしまったことのようでもあった。

警察では、このキューバ糖の一件には、深達だけでなく、背後関係があると見ているようだった。

築地小田原橋の近くで、キューバ糖を運んでいた釣舟が水上署のパトロールに捕まったのだった。釣舟の連中は口を割っていなかった。第二佃丸の船頭のことは別スジで、その日の曳き船の動きから洗い出されたのだった。船頭は深に誘われてのことだとだけ云って、吉川のことは吐いていなかった。

「お前が主犯てわけじゃないだろう。云っちまえよ。刑期だって随分違うんだぜ」

刑事は深を誘った。

あの晩、岡田の店を出てから、深は金山橋へ行った。橋際には大きな貸ボート屋があった。店はもう閉めてあって近くには艀の姿も見えなかった。入り口近くで、物蔭から若い男が出て来て深を遮ぎった。

深は、云われていたように、芝浦から来たと伝えてもらって中へ入った。店には、吉川とボート屋の主人らしい男がいて、丁度取引きが終ったところのようだった。吉川は入って来た深を、芝浦で沖どりをやった男だとボート屋に紹介した。

ボート屋は、まだ三十四〜五歳くらいの、恰福のいい男で、柔和な顔付きをしていたが、貫禄が違うのか、吉川がいやにみすぼらしく見えた。

「若いのにいい仕事出来るじゃないか。これからも時々頼むよ」

ボート屋はものにこだわらない男らしく、初対面の深に気軽に口をきいた。

店は、ベランダふうに掘割の上まで続いていて、それなりに客を呼ぶしかけになっていたが、シーズンが終っていたせいか、店内には何処となく空家の感じがあった。ボート屋の風体は、如何にもそんな気配におさまっていた。相応の男なのかもしれない。表看板とは違って、店はその道の連中には可成り知られた場所のようだった。吉川にもはじめての取引きではなさそうな様子が見えた。

吉川は、遅かったじゃないか、と一言云って、岡田のことをたずねた。深の返事に、

「岡田もとろい奴よ」

と、口を開いて笑って見せた。

深には、それがボート屋の前で精一ぱいの虚勢を張っている姿としか見えなかった。はしたない感じだった。首筋の皺がうす暗い電燈の下で、更に深い隈のようになっていた。深は更めて、吉川とのシゴトは終ったと思った。

真暗な掘割に、金山橋の下から、荷物を下ろした艀がゆっくり姿を現した。


「口を割らせる方法はいくらもあるんだぜ」

刑事の声が高圧的になっていた。

深はもうまる二日黙りとおしていた。深には、吉川をかばわなければならない理由は何一つなかった。ただ、ドロを吐くのが面倒だったのである。それに、吉川のことを喋れば、必らず余罪の追及があると思った。吉川との、これまでのことを辿り返すのは御免だった。吉川との

つきあいはその場かぎりのものでしかなかったし、どんな形であれ後で繰返すようなものではなかった。深は口を開かなかった。

深は再び留置場にかえされた

「頑張ってるじゃないか。何やったんだ」

なれなれしく声をかけてきた同居人に、深は気軽に人差指を曲げてみせた。何か期待でもあったのか、同居人は拍子抜けしたような顔をして眼を逸らした。深は機嫌がよかった。

深は、もう節のことを思い出さなかった。

田舎の港町の光景があった。深は、港の外れにある船着場の石段に腰を下ろしていた。透きとおった小さな海月が潮に乗って寄って来た。上げ潮が何時の間にか、深の足首あたりまでひたしていた。深は、寄って来る海月をすくっては沖へ投げた。その向うを、真黒な船体の鋼船が汽笛を鳴らして出て行った。深は、南洋へ行くのだと思った。

そんな港の光景は、次々に広がってすぐには終ろうとはしなかった。

深は解き放たれたような気分だった。それはやはり、幸に近い感じと云ってよかった。

そして、そんな深の気分を確かめるかのように、向きあった壁の高いところに、外の木立のとがった梢がくっきりとその影を落していた。

初出誌一覧

別れ　「暗河」3号　一九七四年春

越南ルート　「暗河」創刊号　一九七三年秋

青瓦の家　「暗河」30号　一九八一年夏、同32号　一九八二年春

マン棒とり　「暗河」5号　一九七四年秋、同6号　一九七五年冬

松浦豊敏（まつうら　とよとし）

大正14年5月熊本県松橋町に生まれる。

旧制宇土中学卒業後、中国山西省太原の国策会社へ就職。昭和19年11月入隊。砲兵。冬部隊に所属。漢口の北方よりベトナムまでの四千キロを行軍。

戦後、製糖会社に勤務。後に製糖会社の労働争議を指揮。

著書に『争議屋心得』『風と甕――砂糖の話』（葦書房）、『海流と潟』（現代企画室）、『ロックアウト異聞』（創樹社）がある。

連絡先　熊本市城東町5-63　カリガリ

越南ルート

二〇一一年十月九日初版第一刷発行

著　者　松　浦　豊　敏
発行者　福　元　満　治
発行所　石　風　社
福岡市中央区渡辺通二―三―二十四
電　話　〇九二(七一四)四八三八
ＦＡＸ　〇九二(七二五)三四四〇
印刷・製本　シナノパブリッシングプレス

＊価格は税込（5パーセント）です

宮崎静夫

十五歳の義勇軍　満州・シベリアの七年

阿蘇の山村を出たひとりの少年がいた――。十五歳で満蒙開拓青少年義勇軍に志願、十七歳で関東軍に志願、敗戦そして四年間のシベリア抑留という過酷な体験を経て帰国、炭焼きや土工をしつつ、絵描きを志した一画家の自伝的エッセイ集　2100円

中村　哲

医者、用水路を拓《ひら》く　アフガンの大地から世界の虚構に挑む

＊農業農村工学会著作賞・地方出版文化賞（特別賞）

養老孟司氏ほか絶讃。「百の診療所より一本の用水路を」。数百年に一度といわれる大旱魃《かんばつ》と戦乱に見舞われたアフガニスタン農村の復興のため、全長十三キロに及ぶ灌漑《かんがい》用水路を建設する一日本人医師の苦闘と実践の記録　【4刷】1890円

石牟礼道子全詩集

はにかみの国

＊芸術選奨文部科学大臣賞

石牟礼作品の底流に響く神話的世界が、詩という蒸留器で清冽に結露する。一九五〇年代作品から近作までの三十数篇を収録。石牟礼道子第一詩集にして全詩集。入魂／原初よりことば知らざりき／花がひらく／乞食／涅槃／鬼道への径ほか　【2刷】2625円

井上佳子

三池炭鉱「月の記憶」　そして与論を出た人びと

囚人労働に始まった三井三池炭鉱はその後、与論から出て来た人びと、中国人、朝鮮人など、過酷な労働を差別的に支配した。近代化と効率化のなかで犠牲になった人びとは、それでも懸命に働き、泣き、笑い、そして強靭に生き抜いた　1890円

ジェローム・グループマン

美沢恵子訳

医者は現場でどう考えるか

「間違える医者」と「間違えない医者」はどこが異なるのだろうか。臨床現場での具体例をあげながら医師の思考プロセスを探索する医療ルポルタージュ。診断エラーをいかに回避するか――この問題は、患者と医者にとって喫緊の課題である　2940円

豊田伸治編

井上岩夫著作集　全三巻

兵士にとっての「戦争」を、自意識の劇の過剰のなかに描き、戦後へと続く酔中夢の中で批評と諧謔が人間の実相をえぐり出す。鹿児島が生んだ孤高の詩精神が、いま甦る。（Ⅰ全詩集、Ⅱ小説集、Ⅲエッセイ、詩拾遺）　Ⅰ、Ⅱ巻5250円、Ⅲ巻7350円

＊読者の皆様へ　小社出版物が店頭にない場合は「地方小出版流通センター扱」とご指定のうえ最寄りの書店さんにご注文ください。なお、お急ぎの場合は直接小社宛ご注文くだされば、代金後払いにてご送本致します（送料は一律二五〇円。定価総額五〇〇〇以上は不要）。